사랑이었다

It was Love

사랑이었다

1판 1쇄 발행	**2023년 2월 15일**
지은이	**엄영아**
발행인	**이선우**
펴낸곳	**도서출판 선우미디어**

등록 | 1997. 8. 7 제305-2014-000020
02643 서울시 동대문구 장한로 12길 40, 101동 203호
☎ 2272-3351, 3352 팩스: 2272-5540
sunwoome@daum.net
Printed in Korea ⓒ 2023. 엄영아

값 15,000원

ISBN 978-89-5658-726-4 03810

사랑이었다
It was Love

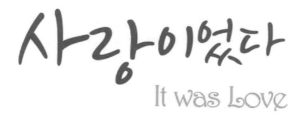

엄영아 에세이집

Essays by Patricia Young-Ah Uhm

선우미디어 sunwoomedia

사람 사이에 사랑이 있었다

안유희

중앙일보 뉴스룸 에디터(국장)

엄영아 선생님을 만난 것은 '푸른 초장의 집' 원장에서 은퇴하셨을 즈음이었다. 가정 폭력에 시달리는 여성과 아이들을 보호하는 일에 오랜 세월 헌신하신 엄 선생님은 글을 쓰고 계셨다. 본인의 표현대로 한다면 글을 공부하고 계셨다.

세상의 많은 일이 그렇지만 글쓰기도 생략할 수 없는 걸음으로, 너무 빠르지도 않고 너무 느리지도 않게, 홀로 등지고 앉아 나를 직면하며 나를 헌신하는 일이다. 특히 수필은 나의 생에 머물렀으며 이제 나의 기억에 자리를 튼 사람과 시간과 풍경과 어둠과 빛에 나를, 나의 기억을 온전히 다시 바치는 일이다. 형태는 다르지만 엄 선생님은 또 다른 헌신에 뛰어든 셈이었다.

엄 선생님의 글을 보면서 놀라운 것이 있었다. 동짓달 기나긴 밤을 한 허리를 버혀 낼 정도로 이야기가 많았다. 어릴 적 할머니와 어머니가 준 사랑, 결혼과 이민 이후 남편과 시어머니에게 받은 사랑, 백인 할머니와 베트남계 자매와 인연, 가정폭력에 신음하는 여성을 도우면서 느낀 좌절과 희망 등의 이야기는 아름답고 슬프고 아련했다. 사랑과 사랑을 나누는 음식처럼 그 많은 이야기를 명주실처럼 꿰고 있었다.

이야기가 많은 사람은 부자지만 이야기도 꿰어야 수필이 된다. 기억의 숲에서 거미줄을 걷고 인물과 풍경에 내려앉은 먼지를 털어 되살려 내고 세월이 낀 청동거울을 닦아 나를 비춘다. 단어를 체에 거르고 문장을 바느질해 수필 조각보를 만드는 단련과 퇴고의 과정을 엄 선생님은 매일 아침 눈을 뜨면 모든 것이 새로운 어린아이의 호기심과 열정으로 걷고 또 걸었다. 수필집에 이 모든 것이 들어있다.

글에 공력이 쌓이면 손에 쥔 연필에도 핏줄이 돌고 신경이 뻗어 내 몸의 일부가 되어 생각이 흐른다고 한다. 시대가 바뀌었으니 키보드쯤 될까. 생각은 생각을 낳아 넝쿨로 뻗어 과거와 현재, 미래에 무성하게 향기만리의 글 꽃을 피울 것이다. 사람이 말과 얼굴은 흐려져도 풍모는 기억나듯 글도 단어와 문장이 잊혀도 스타일은 남는다. 그래서 문체는 곧 사람이고 문체는 영원하다.

엄 선생님의 수필은 이렇게 말하는 듯하다. 사람 사이에 사랑이 있었다고. 앞으로도 그럴 것이라고. 손톱 끝 봉숭아 물처럼 이 문체가 오랫동안 피어나기를 즐겁게 기대한다.

글은 오래 청춘으로 남으리니

삶에서 거두어들인 기쁨과 슬픔이 내게 물음표를 많이 남겼다. 그 물음표를 따라 천천히 길을 걷는다. 지나온 삶에 진실하고 향기로운 꽃이 있다면 내 수필의 정원에도 한가득 피어나지 않을까. 향기롭고 진지한 삶의 풍경을 맑은 서정에 담고 싶다.

글을 쓰는 것은 빵을 만드는 과정과 같다. 어떤 재료로 숙성 과정을 거쳐 어떤 종류의 빵을 만들 것인가는 정상이 없는 정상을 향해 가는 것과 같다. 길 너머는 언덕에 가려져서 어디로 이어지는지 볼 수 없었지만, 글을 쓸수록 길은 갈래를 쳤고 목표는 제각각 흩어졌다.

생각을 문자에 담아내지 못한 날, 기분은 낮은 길을 걸었고 어느 날 이야기 실타래가 잘 풀릴 때면 기분은 하늘로 뻗은 길을 달렸다.

봄기운 퍼진 하늘로 두레박을 던져 마음속 물을 길어 올린다면, 그 물로 목마름 한 줄기라도 가라앉힌다면 글은 얼마나 시원한 것인가. 주옥 닮은 글 타래를 누군가의 마음에 걸 수 있다면 글은 얼마나 빛나는 것인가. 푸른 숲과 예쁜 꽃, 파란 하늘, 아름다운 노을이 글 안에서 사시사철 일었다가 사라지고 다시 일어난다면 또 얼마나 고마운 것인가.

인생 백 년은 어디선가 멈출지라도 글은 오래 청춘으로 남으리니 오늘도 끝없는 수필의 길을 걸어간다.

　두 번째 수필집을 낼 수 있도록 글을 읽어주신 성민희 선생님께 마음을 다해 감사를 드린다. 서문 글로 격려해주신 중앙일보 뉴스룸 에디터 안유회 국장님께 깊은 감사를 드린다. 예쁜 책을 만들어 주시는 선우미디어 이선우 사장님께도 감사를 드린다. 늘 나의 힘이 되어주는 존경하는 남편과 사랑하는 자손들, 글 속에 있는 정든 벗들에게 이 책을 바친다.

2023년 초봄, 싱그러운 햇살 아래
미국 어바인에서 엄영아

차례

chapter **1**

아름다운 인연

미국 엄마

방송에서 '윤 스테이' 프로그램을 보며 문득 호프 여사가 생각났다. 서툰 영어로 외국 손님을 맞이하는 윤여정과 스태프들, 한식을 맛있게 먹으며 한국 문화에 호기심을 보이는 외국인을 보니 50년 전 그때가 파노라마처럼 펼쳐진다.

지나온 나의 삶에서 큰 선물이 무엇이었느냐고 묻는다면 단연 '1970년에 만난 호프 화이팅(Hope C. Whiting) 여사'라고 말하겠다.

미국에 처음 온 내게 영어뿐만 아니라 미국의 생활 예절을 가르쳐준 화이팅 여사. 크리스마스가 되면 트리에 불이 켜지듯 기억난다.

1970년 7월, 미국에 처음 도착한 나는 매사에 서툴러 겁이 많았다. 미니스커트에 갈래머리를 땋고 편지를 가지러 우체통 앞으로 나올 때면 혹여 집배원이 말을 걸까 봐 우편함 뒤에 몸을 숨길 정도였다. 서툰 신접살림과 생소한 미국 생활로 쉽지 않은 나날을 보냈다.

103호에 사는 화이팅 여사는 휠체어를 타고 있었다. 나이도 우리 엄마쯤으로 보이고 잘생긴 얼굴에 몸은 여느 여자들보다 컸다. 나는 101호에 살았는데 외출하려면 반드시 103호 앞을 통과해야만 했다.

그날도 남편을 마중하러 나가는데 화이팅 여사가 나를 불러세웠다.

이름이 뭐냐, 어디서 왔느냐 자세히 물었다. 짧은 영어로 진땀을 흘리며 한 나의 대답을 그녀는 다 알아듣기나 했을까.

그녀는 뱅크 오브 아메리카(Bank of America)의 올림픽 지점장인데 교통사고로 다리를 다쳐 병가를 내서 가료 중이라 했다. 나는 그녀와 대화를 나눈 것이 무슨 큰 자랑이라도 되는 양 그녀가 회복하면 다시 은행으로 복귀할 거라고 남편이 현관으로 들어서자마자 재잘댔다.

그녀가 다리를 다쳐 집에서 가료 중이던 그 몇 달이 나에게는 축복이었다는 걸 나중에 깨달았다. 나는 남편이 출근하면 매일 103호로 갔다. 어느 날은 재봉 얘기를 하고, 어떤 날은 음식 얘기를 하면서 단어와 회화를 동시에 배웠다. 옷감, 가위, 바늘, 실 같은 단어의 정확한 발음을 배우는 데 꽤 시간이 걸렸다. 쌀(rice)과 이(lice) 발음 때문에 곤욕을 치르기도 했다. 나는 분명 밥을 먹었다고 했는데 그분이 놀라던 모습을 생각하면 지금도 부끄럽고 웃음이 난다. 'R' 발음과 'L' 발음 때문에 한동안 머리에 쥐가 날 정도로 긴장했다.

어느 날은 헝겊으로 식탁보를 만드는데 'even'이라는 말뜻을 도저히 알 수가 없어 숨이 막힐 것 같았다. 똑바로 박음질하라는 뜻인 줄 나중에야 알았다. 음식을 가르칠 때도 생강과 파슬리 발음이 어려웠는데 그녀의 정확한 발음이 큰 도움이 되었다.

시간이 지나며 어느새 화이팅 여사는 내 영어 가정교사가 되어 있었고 우리는 점점 가까워졌다. 집으로 돌아갈 때는 숙제도 내어 주었다. 앞치마에 주머니 두 개를 만들어 열 개의 단어를 적어 넣고 다 외우면 다른 주머니로 옮기고 또 다른 단어를 외우게 했다.

어느덧 그해 12월 크리스마스가 다가왔다. 그녀의 집 창가에 세워진

크리스마스트리 밑에는 부모, 형제, 친구에게 줄 선물이 멋지게 포장되어 있었다. 잡지나 영화에서 보았지만 실제로는 처음 보는 광경이라 놀랍고 감동스러웠다. 그 풍성함이라니. 트리 밑에는 선물이 많았는데 내 이름을 붙인 선물도 있었다. 받고 보니 유리그릇이었다. 그냥 예쁜 게 아니라 정말 예뻤다.

시어머님께 요리를 배운 후론 잡채, 불고기, 갈비, 만두를 한 가지씩 해가서 음식 만든 과정을 설명하면 잘못된 발음과 문장을 고쳐주었다. 그때 서양 음식 만드는 것도 배웠다. 스파게티, 미트로프, 라자니아…

1972년 새해가 되었고 화이팅 여사의 다리도 완치되었다. 그해 2월 나는 첫아이를 임신하고 힘들어했다. 그럴 때도 중단하지 않고 자기 차에 태우고 운전하고 가면서 간판을 보고 읽으라고 했다. 그때마다 한 단어 한 단어를 정확한 발음으로 일러주었다. '랄프' 마켓이라고 하면 '랠프스'라고 고쳐주고 '버몬트'라고 하면 '붤만트'라고 고쳐주었다. 정말 친절하고 고마우신 분이었다. 아직도 발음이 잘 안 되는 'Montgomery'는 여전히 숙제로 남아있지만.

11월, 첫딸 패티가 태어났고 다음 해 2월에 친정엄마가 한국에서 오셨다. 갑자기 네 식구가 된 우리는 근처의 방 2개짜리 아파트로 이사했다.

이듬해인 1972년 11월, 패티 돌잔치에 화이팅 여사도 왔다. 그 후 한 번 더 거리가 좀 떨어진 넓은 집으로 이사했다. 그녀도 어딘가로 이사를 했다. 그 후 우리는 더 이상 만나지 못했다. 엄마랑 나이가 같아서 미국 엄마라고 생각했는데 우리의 인연은 1970년 7월에 만나 1973년 초에 끝이 났다. 더는 만나지 못했으니 30개월의 추억으로 끝났다.

반백 년이 지난 지금도 내 마음의 뜰에서 화이팅 여사는 시들지 않는 꽃으로 향기롭게 피어 있다.

지금도 큰딸 돌 사진 속에 있는 화이팅 여사를 보면 어려운 미국 생활을 지혜롭게 헤쳐나가도록 미국 예절을 가르쳐주고 삶의 태도를 보여주며 친구 겸 영어 선생이 되어준 그녀를 잊을 수가 없다.

그때의 선한 영향력이 훗날 '푸른 초장의 집'이라는 가정폭력 여성 쉘터 사역에 많은 도움이 되었다. 도움이 필요한 자에게 사랑을 전하는 동기가 되기도 했다. 뒤돌아보면 좋은 사람과의 '만남'은 좋은 인간관계의 '만나'였다.

[중앙일보. 문예마당. 7-2021]

지금이 봄날이다

　친구들과 함께 Y권사님 댁으로 갔다. 하이킹을 끝내고 사전 연락 없이 갔는데도 바깥주인이 문을 활짝 열고 미소로 맞아주었다. 마당 한쪽에 정성 가득한 화분이 눈길을 끈다.

　잔디를 걷어낸 흙 마당 한가운데 선인장 화분 여러 개를 모아 놓았다. 담 쪽에는 고목을 잘라 만든 테이블이 놓여있고 그 위로 선인장이 줄기를 뻗게 하여 운치를 더했다. 주위를 빙 두른 색색의 의자가 앉아 보라고 우리를 유혹한다.

　집안으로 들어서니 탁 트인 통유리 문으로 뒤뜰이 한눈에 펼쳐진다. 앞뒤로 푸른 나무와 하늘을 볼 수 있으니 이 얼마나 넉넉한 집인가. 뒤뜰에는 여러 가지 채소를 심어 놓았다. 나는 노년에 흙을 만지며 자라나는 생명을 보는 건 행운이고 축복이라 생각하여 텃밭 있는 집을 부러워한다.

　뜰로 나와 밤에 따뜻한 차 한 잔 들고 별이 영롱한 하늘을 바라보며 담소를 나누면 부러울 것이 없을 것 같다. 달까지 뜬다면 이태백이 부러울까. 가운데 자리를 소담하게 차지한 선인장 옆에 커피잔과 다과를 놓을 조그마한 테이블 하나만 더 있다면 아주 좋겠다.

며칠 사이로 나는 우리 가정과 자주 만나 그리스도의 사랑을 나누던 친구의 남편과, 친정 오빠를 하늘나라로 떠나보냈다. 봄은 힘든 내 마음을 아는지 모르는지 새 생명의 힘으로 채소를 움트게 하고 있다. 고개를 들어 보니 튼튼한 레몬 나무 두 그루가 그런 나에게 위로를 건네듯 서 있다. 건너편 무화과나무도 잎이 무성하고 탐스럽다.

텃밭 이곳저곳에 두더지 길을 나무판으로 막아 놓았다. 텃밭을 침노하는 두더지와 싸우며 상추를 지키는 주인장의 노고가 눈에 보인다. 두더지를 잡지 않으면 뿌리부터 땅속으로 끌어가 상추가 흔적 없이 사라지는 걸 젊은 시절 푸른 초장의 집(가정폭력 여성보호소)에서 사역할 때 텃밭을 가꾸며 경험했다.

푸성귀를 마음껏 따 가지고 가라는 부부의 넉넉한 인심에 벌써 배부르다. 상추와 갓, 파, 케일을 따서 봉투에 담았다. 내가 가진 걸 언제나 즐거운 마음으로 건네며 사는 부부. 이웃에게 나누어 주기를 즐거워하니 얼마나 복되고 귀한가. 나눔은 우리가 서로에게 건넬 수 있는 가장 큰 사랑이라 믿는다. 남은 삶도 가끔 커피를 나눠 마시며 파란 하늘을 같이 바라보며 살고 싶다. 담장 밑에서 고개를 내미는 연둣빛 새싹에 가슴이 따뜻해진다. 행복은 특별한 게 아니다. 좋아하는 이웃과 사랑을 나누고 웃음을 주고받는 것이라는 걸 나이가 들며 더욱 절절히 깨닫는다.

연습한 하루는 단 하루도 살지 못하고 가는 게 인생이다. 이제는 얼굴과 손등에 주름이 져도 좋다. 미소가 한참 머물다 간 자리라는 걸 깨달은 후부터는 주름살도 걱정하지 않기로 했다. 건망증도 나이 들어감을 인식하며 욕심부리지 말고 살라는 하나님의 배려라고 믿는다. 아직 식지 않은 뜨거운 가슴만 있으면 된다. 곁에 있는 행복을 누리자. 인생의 봄날은 '청춘 시절'이 아니라 언제나 '지금'이라고 생각한다. 구름과 바람, 나무가 이야기하는 소리를 들을 수 있는 지금이 좋다. 감사하다. 좋아하는 활동을 하며 매 순간 긍정적인 감정을 경험하는 정신적 부요가 내 삶의 만족도를 높인다.

우리는 하이킹 모임 이름을 네 명의 생일이 봄, 여름, 가을, 겨울이라 '사계절'이라 부른다. 하이킹으로 더욱 돈독한 벗이 되어간다. 인생의 사계절이 다 지나갈 때까지 신앙 안에서 오래오래 건강하게 옆에 있어주길 소원한다. 오늘도 많은 것을 생각하며 감사했다. 행복과 쉼을 얻은 하루다.

[4-2021]

윗목과 아랫목

엄마는 장판을 새로 깔면 한동안 새 장판에 콩기름을 바르고 정성을 들였다. 콩기름 걸레와 마른 수건을 잔심부름하는 목련이에게 주어 반짝반짝 윤이 날 때까지 문지르라고 하셨다. 장판은 문지를수록 군고구마 속살 같은 색깔을 내다가 점점 세월이 지나면서 도토리 색이 되어 반짝거렸다.

할머니 방은 친척들이 드나드는 사랑방이다. 오는 손님마다 들러 인사를 드렸다. 활짝 열린 방문 앞 마루에서 절을 마친 젊은이는 윗목에 앉아 할머님의 말씀을 듣고 나이 드신 분은 따뜻한 아랫목으로 가서 앉았다. 그럴 때면 모두 길이 잘 든 짙은 감색 장판 칭찬을 했고 덕분에 목련이도 어깨를 으쓱했다.

윗목과 아랫목은 우리나라 경상도와 함경도 거리만큼이나 온도 차가 심하다. 농번기가 지나면 시골에서 쌀, 보리, 고구마, 감자, 참깨, 들깨, 참기름, 들기름을 실어 오던 시골 어른들은 따뜻한 아랫목에서 하룻밤 주무시고 가기도 했다. 윗목은 냉기가 돌아 겨울에는 아무도 앉고 싶어 하지 않은 곳이다. 윗목은 오히려 손발이 더 시렸다. 윗목에는 할머니의 요강도 있었다. 어릴 때 나는 겨울에는 변소 가기 힘들어 거기다 볼일을 보았다. 할머니는 화로엔 숯불을 담아 불이 꺼지지 않도록 재로 덮어두고 불 꺼지기 전까지는 인두를 꽂아 놓고 저고리 동전을 달며 다림질을 하기도 했다. 설날이 다가오면 내 한복 저고리 앞섶에 조각 천을 붙여 인두로 눌러 예쁘게 만들어 주셨다. 밤에는 할머니의 곰방대를 올려놓은 불 꺼진 화로가 윗목을 차지했다.

할머니는 손주들 간식으로 화로에서 군밤과 고구마를 구워 재를 털고 주셨다. 때론 화로 위에 석쇠를 올리고 가래떡도 구워서 홍시나 꿀, 조청에 찍어 입에 넣어 주시기도 했다. 아랫목에 누워 「심청전」 이야기도 들려주셔서 효녀 심청이가 되고 싶은 꿈도 꾸며 자랐다. 할머니의 자리끼도 콩나물시루도 윗목 차지였다. 할머니의 반닫이장과 머릿장도 윗목에 있었고 중요하고 필요한 것은 모두 윗목에 있었다.

아랫목은 할머니의 지정석이어서 상석으로 알았다. 엄마는 아랫목 이불 속에 늦게 돌아오는 가족을 위해 밥을 묻어 두곤 했다. 그곳은 갑자기 오시는 손님에게도 따뜻한 밥을 대접하던 엄마의 지혜와 사랑이 숨어있는 곳이었다. 큰아버지께서 젊을 때 돌아가신 후 어린 사촌 둘은 우리 집에서 함께 살았다. 밥상을 받으면 할머니와 나, 사촌 지헌이, 지관이가 함께 앉았다. 그곳은 예의범절 교육의 현장이어서 할머니께서 수저를 들기 전에는 먼저 들 수가 없고 수저를 놓기 전까지는 밥상에서 일어날 수도 없었다. '모서리에 앉지 마라.' '소리 내지 말고 먹어라.' '입안에 음식이 보이지 않도록 해라.' '밥풀을 남기지 마라.' 하시던 할머니 음성이 지금도 들린다. 그때의 모습이 떠오른다.

윗목은 필요한 것, 가치 있는 것이 놓일 때도 있었건만 늘 냉대받던 곳이다. 사람도 돈 없으면 윗목이고, 못 배워도 윗목이다. 이제는 나도 나이가 들어가면서 혹 윗목으로 대접받게 되지 않을까 은근히 걱정된다.

지금은 많은 가정이 침대를 사용하고 거실의 소파에 앉기에 방안의 윗목은 세월 속에 사라져 가고 있다. 그러나 우리들 마음속의 잉여 인간에 대한 윗목 취급은 아직도 사라지지 않고 있다. 우리나라도 1960년대까지는 세계 속에서 윗목이 아니었던가.

[미주문학, 봄호. 1-2022]

아버지의 화분에 키운 인생 나무

내게는 별난 취미가 있다. 봄, 여름, 가을, 겨울 가리지 않고 홈 디포로 꽃 구경을 간다. 겨울에는 흔들리는 나목의 가지에서 외로움이 스며들어 고독을 느끼고, 가을에는 빛바랜 잎사귀에서 묻어나는 쓸쓸함에 정적도 느낀다. 봄에는 연애편지를 쓰고 싶은 마음도 담아온다. 꽃은 언제나 미소로 나를 맞이해준다.

봄이 되니 화원을 더 자주 가게 된다. 몇 바퀴 둘러보면 내 정서에 비타민을 주는 듯, 마음에 생기가 살아나 행복해진다. 건강하고 고급스러워 보이는 선인장이 여기저기 많이 있다. 남가주에 절수령이 내려진 십여 년 전부터 많은 가정에서 선인장을 심으니 집집마다 조경이 바뀌어 간다. 화원의 이쪽저쪽 고개를 돌리다 보니 우리 집에서 35년간 가족으로 살고 있는 포니테일 팜 종류가 눈에 띈다.

오래전 LA수목원(The Arboretum: Los Angeles County Arboretum & Botanic Garden)에서 처음 포니테일 팜을 만났다. 항아리처럼 둥근 몸체에 굵은 줄기가 올라와 있고 잎은 마치 긴 머리카락처럼 늘어뜨려져 있었다. 멋진 말꼬리가 바람에 날리는 것 같은 특이한 모습에 눈길이 멈추었다. 그 모양새가 하도 신기해서 집으로 돌아오는 길에 화원에 들러 자그마한 것을 사와 뒤뜰에 심었다.

　아이들이 청소년 시절을 지나는 동안 포니테일 팜도 뒤뜰에서 무럭무럭 잘 자랐다. 어느덧 16년이란 세월이 흘러 자녀 셋이 모두 결혼하여 떠난 후 우리도 작은 콘도미니엄으로 이사를 하였다. 포니테일 팜은 이사하기 전까지 나의 허리춤 높이까지 자라 날씬한 자태를 뽐냈다. 가늘고 길게 늘어뜨린 머리카락 같은 잎사귀는 허리를 지나 둥근 몸통을 살짝 덮는 듯 보였다.

　이사 오면서 포니테일 팜은 아버지가 주신 연하늘색 큰 화분에 담아서 가져왔다. 화초를 취미로 키우던 아버지께서 우리 집에 다니러 왔을 때 선물로 주고 가신 것이다. 화분은 오랜 세월이 흘렀는데도 싫증 나지 않고 보기에도 고급스럽다. 돌아가신 아버지의 미소가 화분에 어른거리는 것 같아 나는 특별히 아낀다.

　이사 온 후 화단의 한 자리를 차지한 포니테일 팜은 오랜 세월이 지나면서 몸통이 더 커졌다. 몸통은 얼핏 보면 마치 뿌리처럼 보이지만 뿌리는 아니다. 몸체의 아래쪽 부분에 물을 저장하니 물만 잘 주면 튼튼하고 크게 자란다. 둥근 몸통이 화분 전체를 차지해 흙이 부족할 텐데 영양분을 어떻게 흡수하는지 신기할 따름이다. 흙을 더 넣어 주어야 할 것 같아 큰 화분으로 옮겨주고 싶지만, 나무를 꺼내다 화분을 깨뜨릴 것만 같아 엄두를 내지 못한다. 인터넷에서 찾아보니 천천히 자라는 장수 나무라 그것을 사다가 기른 사람보다 더 오래 산다고 한다. 위키피디아에는 350년 된 버카니아 포니테일 팜*이 멕시코에 살아있다고 올라와 있다.

　버카니아, 일명 포니테일 팜이 우리 가족이 되어 함께 살아온 지 35

년이 된다. 오래되니 나무의 모습에도 연륜이 보인다. 사람이나 나무나 노인이 되고 노목이 되면 초라해지기 마련인데 이 나무는 여전히 청춘의 모습이다. 나무의 표피도 색다르고 자태도 의젓하다. 대문 앞에 품위 있게 서서 자태를 뽐낸다. 햇빛 비치는 아침 녘 여러 갈래의 가늘고 긴 잎줄기가 금빛을 반사하면 바람이 그 위를 미끄럼 타고 스쳐 간다.

허밍버드 한 마리가 바람을 타고 날아와 잎줄기 위를 살짝 스치듯 포니테일 팜에 입 도장으로 안부를 묻고 날아간다. 꽃은 없어도 두툼한 자태에 매력을 느꼈나 보다. 포니테일은 꽃을 피울 수는 있지만 10년을 기다려야 한다는 말에 화분에 심어 놓고 꽃을 보는 것은 애초에 기대하지 않았다.

6월 초여름 오후, 포니테일 팜의 가운데 꽃대가 봉곳 올라왔다. 며칠 만에 점점 높이 솟더니 짙은 연두색 꽃대에 분홍색이 물들다가 서서히 연두색으로 좁쌀같이 맺혀서 뭉쳐있었다. 얼마 후 꽃대가 펴졌다. 하얀색 꽃 모양은 아기오리가 모여 있는 것 같기도 하고 예쁜 공주의 왕관 같기도 하다.

포니테일 팜이여, 너는 꽃이 아니어도 좋다. 자태만으로도 좋다.

인생의 나무도 마찬가지라고 생각한다. 명예, 성공, 출세의 화려한 꽃을 피우지 못했다 하더라도 고고한 인격적 자태와 인간적 품위를 유지한다면 꽃보다 잎이 못하다고 누가 말할 수 있을까.

* 버카니아(Beaucarnea)=일명 포니테일 팜(Ponytall palm)이라고 한다.

[중앙일보, 문예마당. 7-2022]

마이, 투이 자매

만나고 헤어지는 삶의 길에는 잊지 못할 인연이 있다. 어젯밤 꿈에 투이와 마이 자매를 보았다. 나는 이제 늙어 흰머리가 생겼는데 투이와 마이 자매는 여전히 그 옛날 젊고 예쁜 모습 그대로였다. 정말 보고 싶고 그리운 자매다.

1976년 어느 날, 나는 6개월 된 막내를 유모차에 태우고 산책하고 있었다. 대학생으로 보이는 여자 둘이 터스틴 빌리지 길가 아파트 앞에 짐을 둔 채 울고 서 있었다. 다가가서 연유를 물었다. 월남에서 부모님이 생활비를 보내지 못해 몇 달치 아파트 렌트비를 못 내어 쫓겨났다고 했다. 어떻게 해야 할지, 어디로 가야 할지. 방황하는 그들을 보며 마음이 아팠다. 언니 마이(Mai)는 월남에서 모델이었는데 이곳에 와서는 동생 투이(Twi)와 함께 산타아나 칼리지에 다닌다고 했다.

당시는 베트남 사회주의 공화국과 민주 캄푸치아 간에 무력 충돌을 하고 있었다. 1975년부터 1977년까지 베트남과 캄보디아 내륙 국경 지역에서 벌어졌던 국지적인 충돌이 군사적 충돌로 확산하던 때였다. 그들은 전쟁 중인 고국의 가족과 연락이 안 되어 도움이 절실한 상황이었다.

우리 집은 다섯 식구에 방이 세 개 있으니 두 사람이 잠시 안정을 취할 수 있도록 집으로 데리고 왔다. 다행히 남편은 딱한 상황을 듣고 이해해주어 방 하나를 내어 주었다.

다음 날 자매를 데리고 소셜 서비스 사무실로 가서 소셜 워커와 인터뷰를 하고 푸드 스탬프(food stamp)를 신청해 받도록 했다. 우리는 마이와 투이를 진심으로 도와주고 싶었다. 생활비와 방값을 받지 않고 넉 달을 같이 살기로 했다. 자매는 칼리지에서 서머스쿨도 등록하고 기술학교도 다녔다.

두 자매는 학교가 끝나고 집으로 돌아올 때 푸드 스탬프로 식재료를 사 와서 요리도 거들었다. 그들이 만드는 라면은 특이했다. 냄비에 물을 넉넉히 붓고 올리브오일을 서너 방울 떨어트렸다. 닭똥집을 넣고 물이 끓으면 토마토와 브로콜리를 추가하고 마지막에 수프와 함께 라면을 넣고 끓였다. 시원하고 담백하여 맛이 좋았다. 야채와 고기가 들어가 영양도 풍부했다.

자매를 만나 월남 요리와 프랑스 요리를 배울 수 있었으니 내게도 행운이었다. 그때 마이에게서 배운 게(Crab) 요리는 맛이 고급스러웠다. 친구와 가족을 초대했을 때 게 요리를 내놓으면 인기가 최고였다. 알고 보니 자매의 어머니는 프랑스요리사였다.

4개월이 거의 끝나가는 11월 중순 무렵 동생 투이는 교제 중이던 사람과 언니보다 먼저 결혼하였다. 동생 투이는 그동안 미용 기술을 배워 하와이로 간 후 미장원을 운영하였다. 투이가 우리 집을 떠난 얼마 후 언니 마이도 교제 중이던 해군 병사와 결혼하였다. 마이도 하와이로 이사하여서 자매가 가까운 곳에 살고 있다고 했다.

　자매는 떠나면서 편지를 남겼다. "당신의 이해와 순간의 결정으로 예측할 수 없었던 우리 앞날을 설계할 수 있도록 도와주셔서 진심으로 감사드리며 영원히 잊지 않겠습니다. 우리 삶의 여정에 당신을 만난 것은 큰 축복입니다."

　마이와 투이는 그 후에도 여러 번 연락이 오고 갔다. 그때 나는 루비스 부티크(Ruby's Boutique)란 옷가게를 열게 되어 분주하게 지냈는데 옷가게가 있는 헌팅턴비치로 이사하는 통에 전화번호를 적어둔 노트를 잃어버려 연락이 두절되고 말았다.

　자매가 우리 집에 거주한 4개월 20일 동안 그들이 알차게 인생을 설계하고 떠날 수 있었다니 우리 부부는 뿌듯했다. 작은 결정 하나가 만들어낼 미래는 누구도 예측할 수 없었기에 더욱 그랬다.

　45년의 세월이 흘렀고 지금은 소식을 모르고 지내지만, 결코 자매를 잊을 수 없다. 시절 인연이란 말이 있듯이 우린 잠시 한 시절을 함께 지냈다. 마이는 유난히 파인애플을 좋아했고 부겐빌레아꽃처럼 화려했다. 투이는 코코넛을 좋아했고 조용히 흐르는 강물 같은 아가씨였다. 수줍은 듯 웃는 미소가 지금도 잊히지 않는다.

　작년에 하와이 여행을 갔을 때도 우연이라도 마이와 투이를 만나지 않을까 설렜다. 혹시 하는 마음에 지나가는 사람들을 눈여겨보았지만 안타깝게도 설렘은 설렘으로 끝났다.

　영어가 시원찮아도 서로 따뜻한 인간애로 값진 시간을 함께 나누었는데, 마이와 투이도 이제 아름다운 노인으로 익어가고 있겠지. 예순이 지났을 테니 손주도 생겼을까. 머리는 얼마나 희어졌을까. 자매를 기억

속에서만 만난다 해도 주렁주렁 풍성한 추억 덕분에 나는 정말 행복하다.

인생에서 끝까지 남는 것은 아름답고 좋은 추억이 아닐까. 생각하면 삶 속에 우연히 스쳐 가는 만남 하나도 결코 나 혼자 만든 삶의 길은 아니었을 것이다. 우리는 서로의 도움이 없이는 결코 성숙해지지 않기에. 어떤 인연이 누군가의 행복이 됐다면 그것은 보람되고 행복한 일이다.

[중앙일보. 문예마당. 9-21]

잃어버린 셀폰을 찾아준 천사

여느 날처럼 남편을 따라 파네라 브레드에서 아침을 먹고 집으로 돌아왔다. 책을 들고 소파에 앉아 느긋이 책을 읽기 시작하는데 남편은 LA 피트니스로 운동을 간다며 나간다.

친구에게 카톡을 하려 전화기를 찾는 데 없다. 어?! 핸드백에도, 옷 주머니에도 없다. 집 전화로 통화를 시도해봐도 감감무소식이다. 집 안 구석구석 어디에도 보이질 않는다.

이거 웬일! 어떻게 된 거지?

지난번에도 전화기를 묵음으로 해 놓은 채 차 의자 옆으로 떨어트린 걸 모르고 찾느라 반나절을 힘들었던 경험이 있다. 어디 있겠지 하면서도 불안하다. 이게 무슨 일이람! 도대체 몇 번째인가. 1년 반 동안 세 번이나 전화기 분실 사고다. 나이 먹어 간다고 건망증 증세를 이렇게 자주 보이다니 나 자신에게 화가 난다.

운동하고 돌아온 남편에게 한 소리 들을 각오를 하고 이실직고했다. 구석구석 또 뒤지고 전화를 걸어봐도 바람과 함께 사라진 전화기는 도통 아무 곳에서도 대답이 없다. 당장 연락해야 하는 일들을 어쩌나. 전화를 또 걸어본다. 대답이 없다.

파네라에서 아침을 먹고 거기서 아이들에게 아침인사 카톡을 보내고 집으로 곧장 왔으니 그때까지는 전화기가 분명 내 손에 있었던 셈이다. 전화기를 사용했던 마지막 장소부터 추적을 다시 시작했다. 파네라 브레드로 다시 갔다. 분실물이 있느냐고 물어보니 직원들은 내 전화기는 못 보았단다.

눈앞이 흐려진다. 차를 탈 때 떨어트렸을까? 내 차를 주차했던 장소로 다시 갔다. 차를 주차한 왼쪽은 나무들을 심어 놓은 곳이고 오른쪽은 시멘트 바닥이다. 구석구석 눈이 시리도록 훑어보아도 없다.

전화기를 다시 산다고 한들 쉽게 해결될 문제가 아니다. 전화기 속 달력에 약속을 잔뜩 적어 놓은 것들을 기억해 낼 수 없거니와 며칠 후 약속된 사람들의 이름도 전화번호도 기억할 수 없다. 걱정이 태산이다. 전화기 속에 수필도 여러 편 써 두었는데.

전화기가 없으면 모든 게 정지다. 정신없는 나에게 남편과 큰딸이 따로 전화번호를 적어 놓으라고 몇 번씩 말했건만 낭패를 당하고서야 따로 적어 놓지 않은 것을 후회했다. 소귀에 경 읽기요, 소 잃고 외양간 고치기다.

집으로 돌아왔다. 그때다. 남편 전화기로 전화가 왔다. 파네라 브레드 옆에 있는 LA 피트니스 직원이다. 모르는 미국 여성이 나를 찾는단다. 바람처럼 달려갔다. 40대쯤으로 보이는 미국 여자가 나를 기다리고 있었다. 그녀가 차를 주차하고 내리는데 나무숲에서 벨소리가 울려 전화기를 주웠지만, 잠금장치를 해놔서 전화번호를 알 수가 없었단다. 친구와의 만남을 끝내고 그녀가 생각해낸 아이디어가 옆 건물, 사람

왕래가 잦은 LA 피트니스였다. 이곳 직원에게 전화기 스크린에 보이는 부부 사진을 보여주고 아느냐고 물으니 조금 전 운동하고 나간 남편을 기억하고 전화를 걸어줬다. 이렇게 고마울 수가.

그녀는 아무것도 한 일이 없다고 말했지만 분명 내게 온 천사였다. 그녀는 시애틀에 살며 이름은 'Star'라고 했다. 어바인 친구 집에 왔는데 동창과의 만남을 위해 파네라에 나왔다가 전화기를 주웠단다. 내가 시애틀 가면 꼭 만나자고 전화번호를 주고받으며 '고맙다'는 인사를 몇 번씩이나 하고 헤어졌다.

살아가는 것이 만남이다. 새로운 만남은 인생에 새로운 계기를 가져다주고 관계도 만들어 간다. 선한 모습과 부드러운 말투. 긴 머리에 고운 모습의 그녀에게 이렇게 도움받게 하신 하나님의 계획은 무엇일까.

여름이 숨 막히게 달려간다. 꽃들은 바람이라도 난 듯 온갖 치장을 하고 내 마음을 유혹한다. 친구에게 꽃구경 가자고 전화해야겠다. 잃어버렸다 찾은 전화기를 꼭 껴안은 내가 거울 속에서 웃고 있다.

[7-2022]

호박 위탁모

청명한 3월이다. 개구리도 잠에서 깨어나 땅 밖으로 나온다는 경칩이 며칠 전에 지났다. 확연한 봄 춘분도 종종걸음으로 오고 있다. 언 땅을 녹여내는 계절의 변주곡이 울린다. 하늘과 땅 산과 들에 봄바람이 분다. 춘분이면 '충분한 봄'이 아닌가.

아침 일찍 참새가 창밖 나뭇가지에 앉아 눈인사를 나누고 날아가더니 좋은 소식이 왔다. 겨울도 아니고 봄도 아닌 2월이 왜 그리도 길게만 여겨졌는지 3월에 호박 모종을 만난 후에야 알았다.

우리 집에는 마당이 없어서 채소의 자급자족할 양만큼 키우지는 못한다. 그래도 취미 중 하나가 화초 키우는 일이라 사계절이 모두 우리 집 정원에 흠씬 머물다 간다. 작년에 맛있는 호박을 주신 호박 주인에게 씨를 받으면 좀 달라고 부탁해 두었는데 모종을 가져가라고 연락이 왔다.

호박 모종을 준 주인장은 영양이 좋은 흙까지 사서 컵에다 싹을 틔웠다. 앙증맞은 호박 모종 마흔여섯 모와 씨도 얻어왔다. 어찌나 정성을 들였는지 하나하나가 봉긋 새싹을 내밀었다. 작은 화분에 심은 모습이 양 날개를 펼친 나비 모양이다. 집으로 가져와 '입양 와서 좋으냐?'라고 모종에게 물어본다. 호박 위탁모의 마음으로.

작년에 신문에 '호박' 수필을 기고한 적이 있다. 그 수필을 읽은 친구들이 씨를 꼭 얻어 달라고 부탁한 터라 이름을 적어 놓았다. 전화를 걸어 학수고대하던 친구들에게 모종이 왔다고 가져가라고 알려주었다.

우리 집은 햇빛 드는 정원이 없어 호박을 기를 수가 없다. 그래서 다 입양을 보내야 한다. 보내기 전까지는 아기 떡잎이라 손이 많이 간다. 바깥바람은 아직 차가워 밤에는 상자 갑으로 덮어주고 아침 해가 뜨면 열어주고 햇빛이 쨍쨍할 땐 약간 그늘도 만들어줘야 한다.

사계절 그룹의 막내 봄이는 호박 모종을 왕자 모시듯 가져갔다. 아파트 이층 베란다에서 길러 보겠단다. 결심이 야무지다. 아기 모종 심을 화분 하나 구하는데 어느 것이 적당한지 모르겠다고 홈 디포를 다섯 번씩 오가며 발품을 판다기에 친구들은 모두 웃었다.

오늘은 다섯 가정이 모종을 가져갔다. 내일은 2차 팀이 가져갈 것이다. 헌팅턴비치 사돈은 나중에 호박이 달리면 사진 찍어 보내겠단다. 플러턴 사돈도 땅을 파고 거름을 뿌리고 비 온 후에 심겠다고 했다. 라구나우즈 사돈도 빗속을 뚫고 와서 호박 모종을 받아 가셨다. 모두 열매가 주렁주렁 맺기를 바라는 마음 간절하다.

벤추라 권사님 댁으로 보낼 모종은 낮에는 바깥에 두고 밤에는 집 안으로 들여놓는다. 밤의 차가운 날씨를 견디기 힘들 것 같아서다. 일 주일 만에 열세 집에 골고루 나누어 주었다.

재미로 심어보라고 준 호박씨도 물에 적신 페이퍼타올을 덮어 물을 뿌려주었더니 열흘 만에 싹을 틔웠다. 이것도 텃밭 넓은 집으로 보내야 겠다. 우리 집은 간이역일 뿐이다. 여릿한 햇빛 아래 겉으로는 잠잠해도 호박은 몸을 뒤척여 흙을 헤집는다. 현관 앞에서 입양 갈 준비를 마친 호박 모종은 며칠 사이에 떡잎 세 개를 키워냈다. 오늘로써 호박 위탁모 졸업이다.

모종을 모두 다 보내기가 아쉬워 두 모를 남겼다. 아침에 잠깐 드는 햇빛을 기대하고 이리저리 햇빛 따라 옮기더라도 한번 길러봐야겠다. 호박 하나라도 따 먹을 수 있으면 더 이상 바랄 것이 없겠다.

새집으로 이사 가는 새싹들아, 봄바람의 온기를 받고 부디 잘 자라다오.

[3-2021]

나의 아름다운 손, 주름

친구가 한국을 다녀오면서 반지를 선물로 가져왔다. 전복 껍데기 안쪽의 화려한 무늬의 자개로 만든 반지다. 내 검지에 끼워주면서 외출할 때 예쁘게 끼고 멋을 내 보라고 한다.

플라스틱 몸체 위에다 자개를 아주 조그맣고 얇게 삼각형, 네모, 동그란 모양으로 오려서 붙였다. 햇빛을 받는 방향에 따라 빨강, 연두, 보라, 노랑, 분홍빛으로 빤짝인다. 내 검지에 끼고 보니 다른 반지와는 느낌이 다르다.

반지를 끼고 손가락을 펼치니 시선이 손등으로 옮겨간다. 손등은 살이 빠져 굴곡이 많고 손가락 마디도 굵다. 핏줄은 왜 이리도 튀어나왔는지 눈살이 찌푸려진다.

시집와서 50년 넘게 김치를 담그고 밥을 해 먹었으니 손등의 피부인들 당해냈겠는가. 이게 보기 싫다고 짜증을 낼 일인가. 마음을 바르게 고쳐먹어야지 그간 손은 지쳐있는 내 마음도 쓰다듬고 힘들 때 일으켜 세워주지 않았던가.

그렇다. 서로 첫눈에 반해 결혼하고 의식주를 위해 지내 온 세월. 힘없고 귀 어둡고 눈이 잘 안 보이고 다리가 흔들리고 인지력은 떨어지며, 이제 남은 건 주름뿐이다. 부부가 서로 꽃송이처럼 화려할 때는 좋아하고 힘이 있을 때만 좋아하면 되겠는가. 시들면 외면하고 힘이 사라지면 등을 돌리면 되겠는가. 얼마나 고마운 관계인가, 부부의 인연이라는 것이.

인생은 맞추어 가며 살아야 행복해진다. 골치 아프고 속상하고 마음 상하는 일은 과감히 잊어버려야 한다. 삶에서 부딪히거나 다툴 일이 생기면 굳이 자존심 내세우며 다투지 말고. 먼저 피하는 것이 지혜다. 매일 맞이하는 날을 새롭고 행복한 날로 만들어 가는 것이 현명하지 않은가.

삶이 물안개처럼 우리를 감싼다. 삶에 대한 만족은 기본적으로 주관적이다. 내가 생각하는 이상적 삶과 현재의 삶이 무엇이 다른가가 중요한 게 아니다. 내가 무엇을 만족하는가가 중요하다.

살아가면서 어떤 동행을 만나느냐에 따라 삶이 바뀔 수 있다. 상대방의 존재가 귀하게 여겨져 사랑으로 대하게 되는 마음가짐이 필요하다. 그렇게 깊고 넓게 열린 자세로 마주하면 삶이 만족스럽지 않을 이유가 없다.

두 개의 다른 프레임 위의 캔버스. 끝까지 둘 다 아름답고 더럽혀지지 않기를 원한다. 서로 세상을 떠나는 과정에서 발견되기 원하는 것은 한쪽 눈에는 눈물이 흐르고 다른 한쪽 눈에는 반짝임의 의미가 있길 바란다. 어떤 그림과도 비교할 수 없는 자연의 색상같이, 그 어떤 향수와도 견줄 수 없는 꽃의 향기처럼. 언젠가는 마주할 힘든 시간을 눈앞에 그리며 잘해야지 다시 한번 마음을 쓰다듬는다.

내 맘이 손에게 사과한다. 여기까지 같이 와 준 너. 맛있는 음식을 만들어 주고, 더러운 빨래 빨아주고, 주름진 옷 다림질해주며, 떨어진 양말 꿰매어준 너, 손아, 고맙다.

공방에서 반지를 만드느라 어깻죽지가 빠지는 듯했다고 친구는 웃으면서 말했다. 작은 조각들을 집중해서 보느라 눈도 무척 아팠단다. 나에게 주려고 참고 만들어온 친구의 마음이 고마움으로 밀려온다.

[중앙일보, 이 아침에 6-2022]

내 안에서 만나는 아이

그가 열두 살 때였다. 6·25전쟁이 일어났다. 장정들은 등에 무거운 짐을 지고 걸었다. 여자들은 먹을 것 입을 것을 싸서 머리 위에 이고 아이들은 업고 걸리면서 피난길을 떠났다. 할아버지는 소년의 손을 꼭 붙잡고 사람들 속에 섞여 말없이 걸으셨다.

소년은 얼어붙은 손을 입김으로 불고 발은 동동 구르며 떨어져 나갈 것 같은 귀를 감싸고 걸었다.

하루 반나절을 걸어 경기도 이천 외가댁에 도착했다. 그곳은 도자기와 쌀이 유명한 곳이다. 임금님 수라상에 오르는 이천 쌀이 특별한 것은 깨끗한 지하수와 천혜의 기후, 비옥한 토질 때문이다. 이렇게 귀한 쌀밥을 먹어도 날이 갈수록 그리운 건 서울에 있는 친구들뿐이었다.

외가라 해도 소년에겐 낯선 곳이다. 할 일이라곤 군불 땔 나무를 해오는 일과 여물을 끓여 소에게 먹이는 일이다. 소는 여름에는 들판에 나가 풀을 뜯어 먹지만 가을에 볏짚이 나오기 시작하면 그때부터는 솥에서 여물을 끓여서 준다. 여물은 쌀을 털고 난 볏짚을 먹기 좋게 작두에 썰어 가마솥에 넣고 끓인 것이다. 콩을 털고 남은 콩깍지를 넣고 쌀뜨물을 붓고 끓이면 구수한 냄새가 아주 좋았다.

소 한 마리가 가마솥 가득한 여물을 다 먹는다. 소가 뜨거운 여물을 혀로 불어가며 맛있게 먹는 것이 신기하기도 했다. 불 앞에 앉아 소가 먹을 여물에서 콩을 건져 소와 나누어 먹던 콩깍지는 어찌나 맛있었던지 기억을 떠올리면 입가에 침이 흐른다.

늦은 봄에는 동네 아이들과 돌아다니며 개구리에게 돌을 던져 기절시킨 후 뒷다리는 소금을 뿌려 구워 먹었다. 뜨거운 여름날 메뚜기를 잡아 볏줄기에 끼워 허리춤에 차고 집에 오면 할머니께서 들기름 한 숟갈에 소금을 넣고 볶아 주셨다. 그 맛은 천하일미였다. 어느 날에는 허리에 누룽지를 차고 동갑내기 사촌과 산으로 나무를 하러 갔다. 그들은 어른 흉내를 내느라고 풀잎을 돌돌 말아 담배처럼 피우다 눈이 핑핑 돌며 머리가 깨질 듯이 아파 산 위에서 몇 시간을 널브러진 채 있다가 혼이 난 적도 있었다.

열세 살이 되어도 소년은 서울로 돌아가지 못했다. 점점 서울 본가가 그리워졌다. 학교를 못 가는 손자와 동네 아이들을 생각하여 할머니께서 훈장님을 모셔와 사랑방을 서당으로 만들었다. 사촌과 동네 아이들 세 명과 도합 다섯 명이 천자문을 배우고 명심보감도 배웠다.

하루는 훈장께서 소년이 예쁘다며 입을 맞추려고 했다. 소년은 훈장님의 팔을 힘차게 뿌리치며 "아이 씨"라고 했다. 그런 말을 했다고 화가 난 훈장이 소년의 바지를 걷어 올리게 하고 회초리로 때렸다. 소년은 울며 방을 뛰쳐나와 할머니께 일러바쳤다. 할머니는 더 이상 서당에 안 가도 된다고 단호하게 말씀하셨다. 지금 생각하면 훈장은 성추행을 한 것이다. 할머니의 현대 여성 같은 용기도 대단하다.

소년은 열네 살 봄에 드디어 서울로 돌아왔다. 그때도 미군이 서울로 못 들어가게 막고 있었다. 밤이라 사람들은 길을 못 찾아 우왕좌왕했다. 얼마 지나지 않아 길을 안내하는 사람이 나타나 돈을 받고 인도해 주었다. 그 덕분에 소년은 뚝섬 위쪽 한강 줄기를 따라 종로 5가 연지동 집으로 돌아올 수 있었다. 어렸는데도 자라온 본가를 보고는 눈가가 촉촉이 젖었던 기억이 난다.

꿈에도 그리워하던 친구를 만나고 드디어 학교에 입학하였으나 황당했다. 소년은 ABC도 모르는데 친구들은 벌써 "I am a boy." "You are a girl." 하고 있지 않은가. 앞이 캄캄했고 머릿속에는 회오리바람이 불었다. 이천 서당에서 배운 천자문과 명심보감은 학교에서 아무 소용이 없었다. 영어를 보고 읽지도 쓰지도 못하는 자신을 보며 6·25 전쟁 때 겪었던 그 겨울보다도 더 시리고 무거운 가슴속 겨울을 보냈다. 원래 말이 없었던 소년은 부모에게도 얘기하지 않고 혼자 감당하느라 힘들었다. 영어 수업 시간은 바닷속 같은 적막으로 가득했다.

남편은 70여 년 전 어린아이를 지금도 만난다.

[11-2021]

호박 덩굴 같은 인연

코로나로 3월부터 문학반 모임이 없으니 문우를 만나지 못하고 지낸다. 모든 일상에 숨이 막힌다. 사람이 한 치 앞을 모른다더니 우리에게 이런 세상이 다가올 줄 누가 알았겠는가.

'뉴 노멀'이라는 이상한 단어가 우리 삶이 되었다. 모두가 외계인처럼 마스크를 써서 눈빛만 보일 뿐 상대방의 기분을 알 수가 없다. 사람도 세상도 몸살을 앓는다.

9월 초 세리토스에 사는 문우가 연락했다. 문학반 모임에서 그녀는 유난히 가슴이 따뜻하게 기억되는 회원이었다. 수필반에 올 때 가끔 맥반석 계란을 만들어 가지고 왔는데 식지 않게 수건에 싸서 가져오던 섬세함이 마음을 끌었다. 자신만의 성을 쌓고 살아가는 사람이 많은 세상에 그녀는 달랐다.

그녀가 올해는 호박 세 그루를 심었다. 남편이 호박 울타리를 만들어 주어 호박이 땅에 뒹굴지 않고 덩굴이 울타리를 타고 올라가 아래를 향해 열매를 내놓아 주어서 눈 호강을 실컷 한다고 했다. 맛이 좋고 실하고 알차서 호박을 주고 싶다고 했다. 추석이 얼마 안 남았는데 날씨는 화씨 104도였다. 땀을 닦으며 달려가 호박을 선물로 받아왔다.

호박이 깨끗하고 유난히 매끈하다. 예쁜 연두색의 호박을 두 개나 준다. 비닐로 싼 호박 위에 149라고 쓰여 있다.

올해 그 집에서 나온 호박이 현재까지 200개가 넘었다고 한다. 딸 때마다 비닐로 싸서 번호를 적어 놓는다니 인상적이다. 열리는 대로 팔았으면 족히 몇백 달러는 벌었을 것이라고 농담도 했다. 호박이 열리기를 기다리는 사람이 많아 나눠 먹기에도 바쁘다고 해서 우리는 웃었다. 전을 부치니 씨는 없고 맛은 버터같이 부드러워 입 안에서 녹는다. 미국 와서 이렇게 맛있는 호박은 처음이다.

어느 날 전화가 왔다. 호박을 또 주겠다는 말에 귀가 번쩍 뜨였다. 일조량도 짧고 기온도 떨어진 가운데 대여섯 개가 열리긴 했는데 자라지를 않아 호박 농사가 끝물이란다. 또 얻어왔다. 219번이었다. 날씨가 시원찮아도 그녀는 240번 호박을 기록할 수 있기를 기대하고 있다고 했다.

나는 그 집 호박에 중독이 되었다. 호박 중독자? 이런 중독이 있다는 건 들어 본 적이 없어 웃음이 났다. 마켓에서 파는 이탈리아 호박 맛도, 멕시칸 호박 맛도 아니다. 한국 마켓에서 파는 한국 호박 맛과도 다르다. 종자가 좋아서일까? 비교할 호박이 없다. 비료 탓일까? 정성 탓일까? 어디서도 이렇게 만난 호박은 못 먹어 봤다. 호박전도 된장찌개도 호박볶음도 이 호박은 맛이 100점 플러스다.

11월 중순경에 문우는 또 만나자고 했다. "이젠 추워서 열린 것도 크지를 않네요." 호박이 안 열릴 줄 알았는데 다행히 열렸으니 행운이라며 두 개를 또 줬다.

모든 걸 절약하며 사는 것도, 걱정하지 않고 사는 것도, 사람에게 큰 기대하지 않는 것도, 늘 넉넉히 나누는 것도, 그녀를 보면서 깨닫고 배운다.

　작은 행복으로 삶을 성실함으로 가득 채울 줄 아는 지혜로운 그녀다. 가슴이 따뜻하고 착한 그녀가 존경스럽다. 인연은 어떤 상황에서도 끊이지 않는 것이라 했는데 어려운 코로나 기간에도 넉넉한 마음은 인연을 호박처럼 맺었다.

[중앙일보. 열린 광장. 11-2020]

추억의 상자를 열고

"내가 힘이 있어 도와줄 수 있을 때 버릴 건 버려요."

새해가 되자마자 남편이 몇 번이나 재촉한다. 더는 게으름을 피울 수가 없다.

차고 선반에 높이 올려놓은 상자부터 정리했다. 종이로 싸서 박스 속에 넣어놓은 물건이 많다. 왜 이렇게 버리지 못하고 사는지. 며칠을 치워도 버릴 물건이 계속 나온다.

물건 싼 포장지에 인쇄된 프로그램을 보니 40년도 넘었다. 아이들 초등학교 시절이다. 어바인시에서 운영하는 강좌에는 아이부터 노인까지 참여할 수 있는 무료와 유료 클래스가 여러 가지 있었다. 잠시 먼 추억이 소환된다.

그때는 아이들이 어려서 나만의 시간을 내기가 쉽지 않았다. 다행히 가족의 이해로 수채화 클래스를 저녁 후 시간으로 택했다.

수채화에 도전할 때는 마치 미지의 세계로 걸어가는 탐험자의 심정이었다. 안 해 본 것에 대한 호기심, 불안, 두려움은 배우면서 극복할 수 있으리라 믿었다.

아, 조금만 부주의해도 물감은 엉뚱한 곳으로 번졌다. 진땀이 났다.

예상대로 모든 게 어긋났다. 붓을 제대로 잡지 못해 강약 조절조차 안 됐다. 나이 지긋한 미국 여자 선생님이 껌벅거리며 실수를 거듭하는 나를 가만히 바라본다. 부끄럽고 자존심이 상했다.

잃어버린 자신감 때문인지 두 번째 시간에도 첫 시간과 다를 바 없었다. 세 번째 시간도 상황은 예상대로였다. 네 번째 시간엔 안 갔다. 아니, 못 갔다는 게 맞는 표현이다.

수채화는 한번 실수하면 끝이었다. 결국 도전에 실패하고 말았다.

다음 학기엔 도자기 반에 등록했다. 점토를 만지면서 도자기에 빠져들었다. 선생님의 친절한 가르침도 힘을 실어주었다. 화병도 만들고 컵과 접시도 만들었다. 삐뚤어지거나 한쪽이 약간 얇게 잘못 빚어진 것은 미련 없이 버렸다. 마음대로 원하는 것을 만들었다. 성경에 하나님을 옹기장이라고 한 말씀이 가슴 깊숙이 이해가 됐다.

도자기 클래스는 연속으로 등록했다. 마침 그때 시에서 새로이 하나 더 마련해준 가마가 큰 힘이 되었다. 주말에도 도자기를 가마에 넣을 수 있으니 연결이 끊이지 않아 좋았다. 내가 만든 것이 구워져 나왔을 때의 기쁨은 말할 수 없었다. 색상을 고르는 솜씨도 점점 늘어났다. 컵과 접시를 정성껏 만들어 그해 크리스마스 선물로 나누어 주기도 했다.

도자기는 여자가 화장하듯 유약을 곱게 바른 후 가마에서 고통의 시간을 보낸다. 구워져 나온 작품을 보면 감개무량하기까지 하다. 원하는 색이 안 될 때는 나올 때까지 만들었다. 때로는 내가 기대했던 이상의 작품도 구워져 행복감에 취하기도 했다.

상자를 정리하다 보니 반가운 것이 눈에 띈다. 내가 만든 소품 몇 개다. 시중에서 파는 도자기와 비교하면 초라하기 그지없다. 젊었을 때 도자기의 은은한 기품을 미처 느끼지 못했기에 그저 좋기만 했는데. 그래도 내가 만든 첫 작품들이라 내 자식 같은 애정이 남아있다.

버릴 것 몇 박스는 정리해서 내놓았다. 그래도 끝까지 버리지 못하는 것들이 있다. 아이들의 배내옷, 시집올 때 가져온 비단 위에 학을 수놓은 침대 커버, 시어머님께서 주신 삼베 이불, 이처럼 끝까지 버리지 못하는 것들이 있다. 분명 다시 열어보지 않을 게 뻔한데도 추억을 담아 제자리에 도로 올려놓는다.

[중앙일보, 이 아침에 3-2021]

chapter 2

행복이 있는 풍경

사람 사이에 있는 천국

회색 구름이 잔뜩 낀 하늘이다. 맑은 오후가 될 것이란 일기예보가 있어 피크닉을 준비하여 몬타지 호텔 앞 보물섬 공원(Treasure Island Park) 고프 섬(Goff Island)에 왔다. 외국에서 수많은 사람이 찾아오는 이곳은 라구나 니겔 비치다. 오늘은 하이킹 멤버 '여름이'의 생일을 위해서 모였다.

스펙터클한 경관이 펼쳐진 해안을 내려다보며 걸어간다. 진귀한 선인장과 꽃이 예쁘게 자라는 정원 사이에 넓은 길이 있고 길 끝에는 푸른 잔디가 크고 둥글게 펼쳐졌다. 공원 한쪽에선 요가를 하는 그룹도 있고 어떤 커플은 서커스에 가까운 동작을 한 시간 넘게 연습하는데 묘기에 가깝다.

아래로 푸른 바다와 모래사장이 보인다. 남국의 어느 휴양지에 온 기분이다. 깨끗한 해안선을 따라 펼쳐지는 에메랄드빛 바다와 흰 모래사장이 눈을 사로잡는다. 해변에서 해수욕과 선탠을 즐기는 아이들이 행복해 보인다.

큰 테이블에 푸른색과 분홍색으로 어우러진 꽃무늬 테이블보를 깔고 바다 소풍에 어울리는 맛난 초밥을 점심으로 나눴다. 차와 디저트도

유쾌한 하루를 즐기는데 한몫했다.

전혀 모르는 한국 여성 한 분이 밝고 명랑한 목소리로 "저쪽 끝에 예쁜 꽃이 있어서 꺾어서 가지고 왔어요." 하며 네 송이 예쁜 꽃을 꺾어다 주었다. 미소 한가득 담은 얼굴이 가슴을 따뜻하게 해준다. 받은 꽃줄기를 각자 손가락에 끼우니 꽃반지가 되었다. 동심으로 돌아간 그 순간을 정지시켜 손을 모아 사진을 찍었다. 눈과 마음이 모아지는 행복한 순간이었다.

돌산처럼 보이는 고프섬(Goff island) 앞 모래사장을 건너갔다. 하얀 파도가 넘치는 해변, 아치 모양의 동굴 바위가 있어 썰물 때 해안 바위 사이로 드러나는 타이드 풀(Tide pool)에서 각양각색의 해양 동식물들이 돌에 잔뜩 붙어있다. 바위 사이사이에 붙어있는 조개가 보석처럼 햇빛에 반짝인다.

동심은 위험도 아랑곳없이 모험을 즐기는 것일까. 겁도 없이 바위 위에 성큼 올라가 사진도 찍고 밀려오는 파도에 소리를 지르며 반나절을 즐겼다. 이 순간을 선물해주는 하늘과 바다와 바위가 고맙다.

행복한 마음이 마치 천국에 온 듯하다. 천국은 공간적 장소뿐만이 아니라 인간적 관계에도 존재한다는 생각이 든다. 심령이 깨끗하고 순수한 자만이 소유할 수 있는 곳이 천국이 아닐까.

날씨에 체감 온도가 있듯 관계에도 체감 온도가 있다. 단단히 다져지는 정 때문일까. 헤어져 집으로 돌아가도 반갑고 따뜻하여 먼 느낌이 안 든다. 자주 만나 웃음과 인사를 나누니 정이 깃든 서로에게는 축복이 된다. 내면의 향기는 영혼의 생기와 인간관계의 온기에서 샘솟는 것이 아닐까. 우리 사이 우정에는 우열이 없다. 다름뿐이다. 서로 존중

하기에 존경스럽기만 하다.

　오전 동안 하늘을 덮던 구름이 사라지고 온화한 햇살이 고개를 내민다. 피크닉하기에 딱 좋은 날씨였다. 일주일에 한 번 등산과 소풍을 하는 '사계절' 멤버들. 한결같이 겸손한 저들의 대화와 행동 속에서 내려놓음과 비움을 배운다.

　내려놓으면 마음이 가벼워지고 비우면 마음이 채워지는 만고불변의 진리가 이렇게 가깝다.

[6-2021]

빅베어 가을 소묘

　능선을 휘감은 빅베어 산의 운무가 오늘따라 더 짙게 깔렸다. 오늘이 어제처럼 내일은 또 오늘처럼 변함없이 나를 설레게 하는 곳. 바람처럼 날아와 오래 머물고 싶은 곳이다.

　내가 처음 미국에 도착한 후 사흘째 되던 날, 남편이 제일 좋아하는 곳이라며 이곳으로 나를 데리고 왔다. 한국에서는 느껴보지 못했던 광활함에 내가 미국에 왔구나 하는 실감이 났다. 해발 7,000피트에서 내려다본 시가지에는 큰 차와 작은 차가 성냥갑처럼 보였다.

　이듬해 3월에 왔을 때는 산을 굽이굽이 돌아 올라가며 개나리의 물결에 취했다. 그 후로 내 가슴 정원에 심긴 빅베어 꽃씨는 계절이 바뀔 때마다 봄에는 개나리, 가을엔 솔향이 피어나 온몸이 스멀거렸다. 겨울을 지나면서 녹색의 새 생명이 땅속에서 자란다는 것은 얼마나 감격스러운가.

　10월의 끝자락에 친구 부부와 함께 3박 4일로 휴가를 왔다. 올라오는 길의 건너편 산마루가 잿빛으로 가득하다. 안개구름 때문에 태양이 미로에 갇혔다.

도착한 캐빈 앞, 눈이 닿는 곳에 서 있는 단풍나무는 갈색으로 퇴색 중이다. 10년이란 세월 동안 변함없이 찾는 이곳. 문 앞에 서서 맞이하는 이 나무가 나의 역사도 쓰고 있는 것 같다.

저녁 산책길에 친구와 진지한 인생 이야기보따리를 열었다. 남남인 남자와 여자가 부부라는 인연으로 인생의 동반자가 되면 둘이 하나가 된 그 이야기 속에는 비가 내리기도 하고 반짝 해가 비치기도 한다. 때로는 서로가 서로에게 칼바람이 되어 아프게도 하고, 미풍이 되어 쓰다듬기도 하면서 수많은 이야기를 쌓으며 살아간다. 사랑은 솔직하고 정직한 사이에서만 공통분모가 되듯이 부부는 그렇게 서로에게 애정을 주고 서러움도 나누며 살아가게 되는 것 같다. 친구와 나는 눈길을 마주하고 서로의 이야기를 나누면서 고개를 끄떡였다.

부부관계에서 안전한 거리는 얼마나 될까. 너무 멀어서 섭섭하지 않을 거리, 너무 가까워서 상처받지 않을 거리, 그 거리를 알면 관계는 안전할까. 불필요한 말을 줄이고 입에 마스크를 쓰면 안전할까. 친구와 나의 이야기는 끝이 없었다. 밤하늘의 초승달이 아기처럼 순진해 보이는 것은 왜일까? 별들의 고향에서 속삭이는 소리가 들리는 듯하다. 우리는 정답을 찾지 못했지만, 꿈속에서 해답을 찾으려고 잠을 청했다.

새벽의 맑고 깨끗한 공기가 포도주처럼 달콤하게 호흡기를 타고 들어온다. 친구 남편이 셰프를 자청하여 조반을 만들었다. 송이버섯과 비트 멜론에 레몬과 소금을 뿌려서 볶아 독특한 맛이 난다. 계란은 스크램블해서 소금, 후추를 뿌리고 아보카도를 곁들이니 금상첨화다. 과일과 빵 한 조각, 커피로 근사하고 풍족한 식탁이 됐다.

빅베어레이크로 내려가는 길은 올 때마다 묻어 두고 간 그리움을 안겨 준다. 호수의 뽀얀 물안개가 멋지게 퍼져나간다. 호수 위를 산책하기 좋게 다리를 만들어 놓았다. 길게 만들어 놓은 다리 이름은 키싱 브리지(Kissing Bridge)다. 친구와 나란히 손을 잡고 걸었다. 남편들은 뒤쪽에서 말없이 따라왔다. 갈대는 여전히 그 자리에 있지만 물이 말라 작년과는 다른 피폐한 모습이다. 자연과 시간이 만들어낸 풍광을 보며 우리는 자연의 고마움을 가슴 가득 느꼈다.

캐빈으로 돌아와 친구가 정성 들여 만든 오색나물 비빔밥을 나누고 소나무 숲으로 향했다. 우거진 숲 안에 쭉쭉 뻗은 키 크고 우람한 소나무의 표피가 보통 두꺼운 것이 아니다. 이 자태는 하나님만이 만드실 수 있는 일이리라. 솔방울과 솔잎이 바람에 실려 이리 뒹굴 저리 뒹굴하는 모습에 웃음이 나온다. 바람의 지휘에 맞추어 오케스트라 공연이라도 하는 것일까. 돌아서니 단풍 든 나무도 웃고 있다.

구름 한 점 없는 하늘 위를 무리 지어 수많은 새가 자유롭게 날아간다. 새도 날아가는 정해진 길이 있을까. 우리처럼 도로 표지판과 신호등이 있을까.

빅베어를 다녀오면 시집보낸 딸이 친정엄마 마음에 맴돌 듯 나는 그곳이 그리워 다시 가고파진다. 빅베어 캐빈 앞에 서 있는 나무는 나의 역사를 이번에도 기록했겠지. 즐겁고 평안한 3박 4일의 휴가가 많은 힐링을 주었다. 매 순간마다 감사하고 모든 상황을 긍정적으로 받아들이며 만족할 때 축복은 슬며시 내 곁에 다가와 앉는다.

[12-2021]

발밑에서 찾은 보물

이상 기온일까. 최고 기온이 90도까지 올라간다. 여름도 아닌데 요즘 들어 자주 나타나는 현상이다.

오렌지카운티의 유명한 하이킹 코스 열 곳 중 하나인 화이팅 렌치 윌더네스 파크(Whiting Ranch wilderness park)에 왔다. 매주 금요일마다 4명이 만나 팬데믹 중에도 방 안에 고립되지 않고 등산을 즐길 수 있으니 좋다.

초입에서부터 더운 바람이 느껴진다. 몇백 년은 됨직한 키 큰 고목이 곳곳에 우거진 숲을 만든 덕분에 시원하다. 여러 갈래의 코스 중 짧은 코스를 택하여 평탄한 길을 따라 올라갔다. 곳곳에 예쁜 꽃이 눈길을 붙잡는다. 봄 들꽃은 파스텔 색조의 보라, 분홍, 노랑, 흰색 등으로 화장을 하고 무도회를 펼치니 귀엽고 사랑스럽다. 바람은 지나가며 꽃잎을 어루만지고 간간이 산새들도 지저귀며 벌 나비도 날아다닌다.

직선으로 올라가는 길은 좁은 길도 나오지만 넓은 길엔 돌멩이가 유난히 많다. 일행 모두 땀방울이 송송 맺히는데 나는 무한증이라 땀은 나오지 않지만, 숨이 가쁘고 얼굴이 달아올라 홍시가 되었다.

미풍 속에서 벗들과 함께 자연과 교감하면서 진솔하면서도 격의 없는 삶의 이야기도 나눈다. 이 시간까지 하이킹을 할 수 있도록 건강함에 감사기도를 드리며 한참을 걸었다.

어느 순간 사방을 둘러싼 스펙터클한 경치가 갑자기 눈앞에 펼쳐졌다. 마주 보고 함성을 지르고 경탄했다. 이런 파노라마는 기대하지 못했다. 산과 계곡의 능선, 골짜기가 한없이 부드럽고 너그러워 보인다. 이곳에 등산을 오래 다녔어도 이곳까지는 한 번도 올라오지 않아서 이렇듯 멋진 광경이 펼쳐져 있을 줄은 몰랐다. 등잔 밑이 어둡다는 속담이 생각난다. 우리의 삶에서도 옆에 두고도 미처 모르는 것이 한두 가지겠는가.

올라갈 때 배낭이 무거워 벗어버리고 싶었지만 그늘진 의자에 앉아서 열어보니 먹을 것이 가득하다. 잘 견디며 메고 온 덕에 맛난 것을 먹고 시원한 것도 마실 수 있었다. '고진감래(苦盡甘來)', 쓴 것이 다하면 단 것이 온다더니 고생 후에 낙이 왔다.

내려오는 길에 늘어선 나무들은 초록빛 향연을 벌이고 있다. 긴 줄기를 수양버들처럼 드리운 모습이 커튼을 친 것 같다. 모든 나무가 하늘을 향해 팔을 벌렸는데 이 나무는 누구를 맞으려고 아래로 팔을 벌렸을까. 눈 부신 햇살이 초록 숲 위로 투망처럼 드리워져 있다. 반짝이는 햇살 속에서 마음이 냇물처럼 맑아지는 것 같다. 오늘 발견한 이곳은 바로 가까이에 있었어도 알지 못했던 귀한 보물이다. 굳이 멀고 굉장한 곳을 찾지 않아도 이곳 자연은 품이 넓고 아름다웠다.

우리가 삶 속에서 혼신의 힘을 다해 감당하며 지고 온 짐을 풀 때 그 무게만큼 보람된 삶도 맞게 되리라. 우리 삶 가장 가까운 곳에 귀한 진리가 있음도 새삼 깨닫는다.

[4-2021]

그래도 봄은 온다

2020년 2월 둘째 주였다. 결혼 50주년 기념 하와이 여행을 끝내고 돌아오던 비행기 안에서 처음으로 마스크를 쓴 한국 여인을 보았다. 집으로 돌아오니 여기저기서 코로나라는 낯선 단어가 들먹여졌다. 3월 둘째 주부터 교회 출입은 정지되고 비대면 예배가 시작되었고 분위기는 살벌하고 어두워졌다.

예전에는 상상조차 못 했던 일이다. 마스크를 쓰지 않으면 어디에도 출입할 수 없고 개인 방역으로 평생 씻을 손을 다 씻은 것 같은 시간을 보냈다. 꿈인 듯 생시인 듯 텔레비전의 뉴스 보도는 무섭기까지 했다.

코로나는 지구촌 사람들을 정서적으로 황폐시켰으며 수많은 사람을 죽음으로 몰아갔다. 세계 곳곳에서 들려오는 소식은 병원에서 시체가 실려 나가고 병실은 차고 넘쳐 복도까지 환자가 가득 찼다는 것이다. 새로운 변이 오미크론의 빠른 전파에 세상이 어떻게 될 것 같아 두려우면서도 온 가족이 무탈한 것에 안도했다. 그렇게 두려움으로 2021년을 보냈다.

끝과 시작이 공존하는 테두리 안에서 그래도 2022년이 밝아왔다. 미래에 대한 기대와 혼돈이 함께 하며 코로나 변종의 극성에도 변함없이 계절은 분주히 오고 갔다. 나무는 예쁘게 꽃을 피우고 아름답게 낙엽을 흩날렸다. 계절뿐인가. 해는 뜨고 지면서 빛과 그림자로 출렁였다.

　새해가 오고 여느 때처럼 설날이 되었다. 만남을 자제해야 하는 때이지만 가족 모임은 소중했기에 내 마음은 들뜨고 설렜다. 음식 준비로 바쁘고 힘든 것도 기쁨이다. 해마다 손자 손녀들은 할미가 만든 갈비찜을 맛나게 먹는다. 그 모습이 겨울에도 봄날 아지랑이처럼 아른거린다. 할미 손으로 만든 떡만둣국과 오색나물, 고추전, 동치미를 먹으며 나누는 대화는 내 생의 식량이다. 사위와 며느리가 오는 명절 자리가 그래도 어른으로서 본이 되어야 할 예법이 있기에 조금 조심스러운 것이 사실이다.

　떠들썩했던 새해 잔치가 마무리되고 아이들이 돌아가고 나면 다시 찾아온 우리 부부만의 오붓하고 편안한 자유다. 방금 전 활기로 넘쳤던 집 안이 언제 그랬냐는 듯 적막이 흐른다.

　지난 2년 사이에 세상이 너무 많이 달라졌고 우리의 삶도 변했다. 이제는 뉴노멀 시대로 과거의 것을 고집해서는 안 된다. 미래를 준비하지 않으면 손톱만 한 작은 일이 언제 위기로 변할지 모른다. 새로운 변화를 따르고 부지런히 대비하여 변화를 기회로 맞이해야 한다. 지금 경험해보지 못한 새로운 미래가 궁금하고 기대되기도 한다. 상상도 할 수 없었던 수많은 일과 예측할 수도 없는 일이 일어나겠지. 우리 인생도 시간이 흘러 달라지듯이 말이다.

　등을 좀 긁어달라고 하면 습관 된다며 안 해주던 남편이 이제는 긁어준다. 전혀 변할 것 같지 않던 사람도 변한다. 남편의 걸음이 불편해지

면 내가 지팡이가 되어주고 청력이 떨어지면 보청기가 되어주고 시력
이 약해지면 돋보기가 되어주려는 착한 변화는 서로 의지해야 하는 노
부부의 내공이 아닐까.

　이해하며 변화하는 한 해를 살아가자. 섬기고 베푸는 복된 삶을 다시
한번 기대해본다. 건강과 평안이 모두에게 가득하길 소망한다.

[중앙일보, 이 아침에 2-2022]

유채꽃이 빛나던 날

치노 힐 스테이트 공원에 왔다. 젊은 하이킹족은 서로 인사를 나누며 그룹을 지어 걸어간다. 우리는 차를 몰고 들어와 주차장에 파킹하고 산자락이 노랗게 물든 트레일을 따라 올라갔다. 겨울의 삭풍과 3월의 춘풍이 꽃샘추위를 몰아오더니 4월이 희열(喜悅)의 고마운 꽃바람을 불러왔다. 봄은 진정 생명의 계절이다.

유채꽃동산에 봄이 강림했다. 봄이 산과 들에 수채화를 노랗게 그려놓았다. 이른 봄 혜풍(惠風) 사이로 펼쳐진 초록의 넓은 대지, 들판은 온통 고운 햇살로 가득하다. 노란 유채꽃과의 입맞춤이 마음을 부요케 한다.

산 정상에는 아직 아무도 밟지 않은 노란색 카펫이 깔려 있었다. 끝없이 펼쳐진 꽃밭은 천상의 화원이다. 바람을 맞으며 겨울을 이긴 유채꽃은 두 팔을 벌리고 봄의 전령사답게 팝콘을 터트린 듯 꽃을 피웠다. 유채꽃이 가득한 들판은 귀여운 아기 병아리가 모여 있는 것 같기도 하고 수천만 개의 노란 별이 반짝이는 것 같기도 하다. 마치 페인트를 뿌려 놓은 듯 지상 최대의 노란색 천지가 되었다. 환희다. 달콤한 향내가 이 산 저 산으로 날아다닌다.

유채꽃은 키가 크지 않고 몸도 가늘다. 봄바람에 흔들리는 꽃술이

얌전한 소녀 같아 내 마음마저 수줍게 만든다. 길쭉한 잎은 새 깃 모양으로 갈라져 배추꽃 모양새다. 유채꽃씨에서 채취하는 카놀라유는 영양분도 많단다. 몇 해 전 제주도에서 유채꽃으로 만든 차, 비누, 향수를 사 온 적도 있다. 초봄에 나오는 연한 잎은 유채 나물로 무쳐 먹으면 맛나다. 유채꽃밭 사이로 난 꼬불꼬불한 길이 정겹다. 한 사람이 겨우 걸을 수 있는 샛길도 있다. 산 아래로 내려오는 길에서 바라본 건너편 산은 회색빛 물감을 흩뿌려 놓은 듯하다. 흰색과 분홍색이 섞여 보랏빛을 띤 만개한 열무꽃이 먼 곳에서 보니 애잔하다. 하늘은 에메랄드빛이다. 유채꽃 때문에 봄이 더욱 빛난다. 천국 같은 들판에서 맘껏 마음을 치료받고 떠난다. 발길을 돌리고 싶지 않은 행복한 하루다.

친구들은 꽃 냄새를 맡으며 시를 외우고 동요를 부르기도 한다. 하늘 무대 위에 봄 교향악이 울려 퍼진다. 내 마음속으로 향긋한 진동이 파고든다. 언제가 끝일지 모르는 인생 여정에서 친구들과 같은 방향을 바라보며 나란히 걸어가는 것은 축복이다. 위로의 이야기를 나누며 눈빛 하나로 서로의 마음을 읽어주며 생각이 통한다는 것도 행복한 일이다. 세월이 갈수록 서로에게 더욱 진실되고 소중한 벗이 되길 소망한다.

내년 4월의 유채꽃을 기약해 본다. 유채꽃말은 '풍요, 명랑'이다. 나도 매사 넉넉한 마음과 밝고 환한 마음으로 즐겁게 살아가야겠다. 나이가 들수록 반려자를 먼저 보내고 인생길을 홀로 걸어가는 친구가 늘어난다. 나도 언제 그 길을 합류하게 될지 모른다. 현실에 순응하며 살아가는 외로운 그들에게 조용히 다가가 손잡아 주는 친구가 되어야지. 늘 곁에 있어 주는 따뜻한 친구가 되고 싶다. 생각만으로도 향기가 전해지는 그런 친구 말이다.

[4-2021]

남편과 함께 걷는 행복

겨울의 마지막 2월, 청명한 날씨 아래 칼즈배드로 여행을 왔다. 아직 팬데믹 중이라 자유롭게 식당을 다닐 수가 없다. 식사는 리조트 안에서 해결해야 하기에 부엌을 옮겨온 듯 짐이 많다.

산전수전 다 겪은 베테랑 노부부의 이번 여행은 결혼 51주년 기념이어서 의미와 흥미는 충분하다. 창문을 열고 바라보는 해변의 파도 소리가 이곳까지 들리는 듯하다. 창가에 서서 조용히 주름진 손을 마주 잡았다. 모진 풍랑도 견디고 사나운 파도와도 싸운 애환의 반 세월을 마주 본다. 반백 년 세월이다. 마주 보며 살아줘서 고맙다고 눈빛으로 서로 말한다. 마주 잡은 손에는 '그대 그리고 나'의 따뜻한 체온이 전해진다.

"이제는 당신이 운전하는 차를 타고 여행을 다니게 됐구려."

남편은 약해진 자신을 받아들인다. 남편이 순발력이 떨어지니 아내와 임무 교대다. 몇 년 전 "당신도 내 나이가 되어 보세요." 하던 남편의 말이 아직도 귓가에 남아있다.

샌디에이고 최남단의 카브릴로 국립공원(Cabrillo national monument)이다. 해안선에 구름이 가득하더니 금세 햇빛이 얼굴을 내밀어 풍경이 환하게 바뀌었다. 등대를 향해 올라갔다. 보행의 불편이 노화의 시작이라더니 남편은 벤치에 앉았다 걷다가를 반복한다.

찬란한 햇빛을 따라 바닷가로 나왔다. 방파제에 쌓인 장군 같은 돌은 파도의 철석임을 어떻게 다 감당하고 있을까. 멈춤과 지체함 없이 밀려오는 억만년의 파도를 온몸으로 막아내면서 육지의 안전을 지켜준 살아있는 바위는 창조의 경륜, 바로 그 자체다.

샌디에이고 식물원(San Diego Botanical Garden)에 전자 티켓을 끊어 들어가는 것도 나이 든 세대에겐 새로운 경험이었다. 어디로 여행을 가든 식물원 방문은 필수 코스다.

자연 앞에 서면 고개가 숙어진다. 나는 꽃을 좋아한다. 꽃은 향기가 있고 미래의 열매를 위해 스스로 진다. 열매는 그 속에 생명을 안고 있다. 작은 씨앗 속에 숨어있는 무수한 꽃과 나무들. 그 씨앗 속에 미래가 있고 숲이 있다. 비밀이 보이는 듯하다.

상큼한 바람이 불어 꽃을 숨 쉬게 한다. '흔들리지 않고 피는 꽃이 어디 있으랴' 말한 어느 시인의 시처럼 작은 풀잎 하나가 떨어져도 우주가 흔들리는 전율이 느껴진다. 언덕 위에서 흐르는 물줄기가 작은 폭포와 웅덩이를 이룬다. 나비는 꽃을 찾아 날고 새가 가지에 앉아 지저귄다. 에덴동산에 온 것 같은 착각이 들 정도다. 기념사진 한 장을 남긴다.

금요일은 일기예보대로 아침부터 안개비가 내리더니 곧 맑아졌다. 오션사이드로 나왔다. 해변은 은가루를 뿌린 듯 눈부시다. 우리 마음도 맑고 깨끗한 비로 씻을 수 있다면 얼마나 좋을까.

리오 카릴로 목장 역사공원(Leo Carrillo Ranch Historic park)은 생각보다 거대하다. 계단을 걸으며 남편은 발의 균형을 잡지 못해 비틀거린다. 오래 걸을 수 없어 안타까웠다. 10년 연하인 내가 돕는 배필의 역할을 할 수 있는 지금이 소중하고 고마울 뿐이다. 저녁을 먹고 산책을 하다 걸음을 멈추고 노을 속에 잠겼다. 남편의 얼굴에 지는 석양이 나의 얼굴에도 번지고 있었다. 리조트로 돌아와 벽난로 앞에 앉아 마주 보는 눈빛에 애잔함이 흐른다.

리조트 베란다에서 수평선상의 일몰을 바라본다. 석양은 물들어 낙조가 붉은 눈물처럼 떨어졌다. 붉디붉은 빛으로 장엄하게 수평선으로 잠복한다. 어둠이 내려앉았다. 존재의 하루, 시간의 하루가 닫힌다.

6박 7일의 여행을 뒤로하고 짐을 쌌다. 오늘 또 하루를 선물로 받아서 산다는 것이 얼마나 감사한지. 돌아오는 길에 차창을 통해 바라보는 바다는 푸른 물결과 흰 물결이 서로 견주며 일렁인다. 새는 자유의 날개로 창공을 날고 웅장한 산은 웅변으로 무슨 말인가를 건네는 듯하다. 창조주 하나님의 위대함이었던가. 예배자로 이끄는 손길이었던가.

나는 자유를 통해 누리는 여유가 좋다. 영혼을 깨끗하게 하기 위해 잠시 고요 속에 멈춘다. 악기가 아름다운 소리를 내려면 조율을 해야 하듯 우리의 영혼도 말씀과 기도로 조율해야 빛을 발할 수 있지 않을까.

삶의 길과 진리의 신호등 되시는 하나님, 그분 따라 지금까지 살아온 것을 감사드린다. 남은 삶도 '아름다운 여백과 여유'로 살아가길 소망하며 내 삶의 화원을 은혜의 꽃밭으로 만들어 주신 창조주 하나님께 감사와 경배를 드린다.

[2-2021]

피터스 캐년

요정 같은 꽃이 만개한 4월이다. 싱그러운 바람을 타고 안개비가 내리지만 우리는 하이킹을 하기로 한다. 칠십도 넘은 하이킹 그룹 이름은 '원더걸스'다.

이번의 하이킹은 피터스 캐년 루프(Peters Canyon Loop)는 6.5마일 길이의 적당히 어려운 트레일이다. 겨자꽃과 파피꽃이 2년 전만큼은 아니어도 여기저기 피었다. 자연 그대로의 흙길을 걸으며 야생의 상태를 즐기기에 좋다. 50에이커가 넘는 큰 저수지가 물이 말라 한쪽은 바닥을 드러냈고 호수 옆의 땅은 쩍쩍 갈라졌다.

담수 습지 저수지에는 플라타너스, 검은 버드나무와 미루나무로 둘러싸여 있고 많은 새가 살고 있다. 다람쥐, 사슴 개구리, 뱀, 살쾡이, 코요테, 주머니쥐, 너구리, 도마뱀 등 각종 양서 동물과 포유동물 파충류 등도 많이 서식하고 있다. 공원 전체 면적이 340에이커에 이르며 이렇게 거대하고 환경친화적인 공원이 집 가까이 있다니 감사한 일이다.

트레일은 경사가 심한 고갯길을 걸어야 하는 어려운 코스도 있고 쉬운 코스도 있어 저마다 알맞은 트레일을 찾아 걷는다.

산꼭대기의 힘든 코스를 15년 전부터 다녔지만, 요즘은 발이 편치 않아 쉬운 코스를 걷다가 오늘은 오랜만에 산꼭대기를 선택해서 걸었다. 이스트 릿지 뷰 트레일(East Ridge View Trail)은 피터스 캐년과 주변의 경관을 파노라마로 볼 수 있어서 아침 일찍 걷는 우리가 선호하는 코스다. 이곳은 나무 그늘이 거의 없어 햇빛을 싫어하는 사람들은 회피하는 곳이기도 하다. 꼭대기에서 직선 경사로 내려오는데 멀리서 보면 위험해 보이지만 실제로는 그렇지 않다.

하이킹하는 동안 친구들과 살림의 지혜와 처세술을 나누다 보면 우리는 이 나이에도 성장하고 있구나 하는 기분이 든다. 나이 들면 옳은 말을 해주는 지혜롭고 선한 친구가 더없이 귀하다. 삶의 아픔을 얘기하면 '시냇물 소리가 아름다운 것은 뾰족한 돌멩이 둘레를 여유 있게 돌아가기 때문'이라는 답이 나온다.

섭섭함을 털어놓으면 '나의 처지만 이해하라고 고집하지 말고 상대방의 입장도 공감'해 주자고 조언한다. 공감해주는 친구는 보석 같다. 얼마나 귀한 일이면 공감을 '정신의 심폐 소생술'이라 했을까.

평지를 걷다가 쉼터에서 간식을 먹고 또 걷다 보면 호수의 끝을 만나게 된다. 호수를 끼고 돌아가면 서서히 경사진 곳을 오른다. 오르락내리락 능선 가의 큰 집들은 철망으로 담장을 쳤고 부겐빌레아가 그 위를 덮었다. 한 폭의 수채화다.

두 번째 경사를 올라가면 또 다른 정상이다. 사방은 병풍을 친 듯 산봉우리 풍경은 그대로 산수화다.

내려가는 길은 선인장이 가득한 좁은 길이다. 선인장 사이를 걸으며 쉽지 않은 우리 인생사를 뒤돌아본다. 삶은 내가 존재해야 하기에 사랑해야 하고 그 사랑은 선택이 아닌 필수다. 자신을 부정하고 희생으로 관대함을 베푸는 것이 너무 어렵다.

상대방이 나를 이해해주기를 갈망하는 것처럼 상대방도 나에게 위로와 이해를 바라고 있다는 생각할 수만 있다면 서로 이해하고 원망을 버려야 한다. 그래야 힘이 생긴다.

삶은 오늘을 살아내야 하는 것이 아닌가. 내일 아침에 '새로운 날'이라고 기뻐하면서 일어날 수 있도록 해야지. 이럴 때 느끼는 자유는 어깨에 날개를 단 듯 마음이 가볍다. 사랑은 책임과 의무가 담긴 말을 행동으로 옮긴 실체가 되어야 한다고 스스로 다짐한다.

먼 길에 동무 되어주는 벗들을 더욱 사랑해야겠다. 인간은 흙으로 지었으니 결국 흙으로 돌아가는 존재. 우리가 오늘도 수없이 밟고 온 가장 낮은 곳에 자리한 흙은 나무도 자라게 하고 꽃도 피우며 열매도 내어 주고 우리를 살린다. 나도 닮아야 하리라.

피터스 캐년의 굴곡진 능선을 오르내리며 힘듦을 참아낸 발에 고마움을 담는다.

[중앙일보 5-2022]

물, 바람과 함께 걷는 비스타 캐년

봄이 성큼 다가온 아침, 친구들과 하이킹을 하였다.

8년 전 비스타 캐년에 처음 왔을 때 이 길을 걷는 것만으로도 축복이라고 생각했다. 자연과 호흡하기에 아주 좋은 곳이라는 느낌이 들었다. 캐년 입구의 넓고 탁 트인 공원에 서니 걸어갈 길이 한눈에 들어왔다. 경사진 언덕길을 내려가는 발걸음은 구름처럼 가벼웠다. 나무 사이로 불어오는 실바람은 열쇠로 잠근 가슴도 활짝 열 듯했다. 우리는 좁은 길을 둘씩 짝을 지어 걸었다.

실개천에는 시냇물도 흐르고 아름드리 큰 나무가 숲을 이룬다. 이렇게 평화롭고 아름다운 길에도 곳곳에 옹이가 박혀있었다. 옹이에 걸려 아차 하는 순간마다 인생의 질곡이 여기도 있다고 느꼈다. 호미라도 있으면 빼내고 갈 텐데, 뒤에 오는 누군가가 다치지 않기를 기도하면서 걸었다.

울창한 숲속으로 접어들자 모두가 환호했다. 흙내음과 꽃향기가 가득하다. 즐비한 고목과 하늘을 덮으며 얽혀있는 아름드리나무에 감사한 마음까지 들었다. 실개천 주변에는 돌미나리가 수북이 자라고 졸졸 졸 물소리가 머릿속을 맑게 씻어주었다. 자연보다 더 좋은 것은 없다는 듯 자연과의 소통은 훌륭한 힐링이 된다.

시원한 봄바람이 분다. 바람은 몇 개의 손을 가졌을까. 얼굴도 어루만지고 손등도 간질이며 머리도 빗겨주었다. 바람은 부드럽게 쓰다듬지만 어느 때는 거칠게 잎사귀를 찢고 가지도 꺾는다.

그런데 이게 웬일인가. 몇백 년은 됨직한 우람한 나무의 왼쪽 가지가 뚝 잘려있다. 지날 때마다 경탄하며 한참을 바라보던 나무다. 지난번 왔을 때도 그대로였는데 길게 늘어진 나뭇가지에 무슨 사고라도 난 것일까. 지나는 사람들도 아쉽고 섭섭한 표정으로 발걸음을 멈추었다. 나무 앞 벤치에 앉아서 찍었던 사진은 이제 추억이 되어버렸다. 한쪽 옆 개울가에 잘라놓은 나무토막으로 작은 쉼터를 만들어 놓았다. 우리는 흐르는 물소리를 들으며 쉼터에 앉아 못내 아쉬워하며 간식을 먹었다.

계곡을 사이에 두고 또 걸었다. 덤불 아래 피어 있는 흰 꽃, 노랑꽃. 누가 찾아주지 않으면 외롭게 피었다가 슬프게 시들어버릴 것 같은 꽃이 여기저기 피어 있다. 나무와 꽃과 소통하며 마음에 고요함과 평안함이 채워진다. 하나님의 존재가 머무는 곳이라고 느껴지는 이 숲이 참 좋다.

나는 산과 들에 피는 야생화를 유난히 좋아한다. 골짜기 옆 큰 바위 벼랑 끝에서 기어 올라오는 어린 연하늘색 참꽃마리(Chrysanthemum)는 그리움의 냄새가 난다. 계곡 사이에 숨어있는 예쁜 꽃이 많다. 잎사귀 사이에 숨어있던 하얀색 냉이꽃(Watercress)이 시원한 솔바람이 불어오면 빠끔히 고개를 든다.

잠든 꽃은 누가 깨우는 걸까. 흐르는 개울 물소리가 깨울까. 쌔근쌔근 바람의 숨결이 깨울까. 나는 유난히 이곳 바람이 좋다. 꽃을 탐하는 벌도 나비도 보이지 않는 이곳 숲속의 바람이.

멤버 네 명 중 누군가 먼저 우리 곁을 떠난다면 우리가 걷는 이 길에 미풍으로 돌아와 우리들 볼을 만질까? 아니면 지저귀는 새소리로 찾아와 우리가 앉아서 담소하던 나무토막 의자에 미리 와 '나 여기 있어'라고 바람 소리를 낼까?

먼 산 정상 위로 알리소 캐년 산자락이 보였다. 저기쯤 소카대학이 있을 것이다. 지난번 백신을 맞은 곳이라 더욱 반가웠다. 안개 걷힌 캐년의 능선 위로 청잣빛 하늘이 눈부시다.

서로 격려하면서 만 육천 보를 걸었다. 자연의 품에 안기니 나의 녹슨 감성도 꽃이라도 된 듯 새롭다. 정오의 봄 햇살, 눈이 부시다. 청잣빛 하늘 위에 한 점 구름이 양털같이 곱다.

[중앙일보, 이 아침에 4-2021]

반 고흐, 별이 빛나는 밤

친구들과 함께 이머시브(Immersive) '빈 센트 반 고흐' 전시회에 갔다. 오래전에 폴 게티 뮤지엄에서 화폭 위에 보라색으로 피어난 「아이리스」 작품 앞에서 감동으로 서 있었던 적이 있다. 그 후로 반 고흐 작품이 좋아 사무실에도 그의 작품을 걸어 놓았다.

서양 미술사에서 가장 위대한 화가로 평가받는 네덜란드 출신의 빈 센트 반 고흐의 이번 전시회는 모두를 압도했다. 평면의 그림을 관람하는 일반 전시와는 달리 300여 점의 명작을 벽에 영사하고 음악을 입혀 마치 거대한 그림 속으로 들어간 것 같은 체험을 할 수 있었다.

흔히 미술 전시는 사람들이 돌아다니면서 고정된 작품을 그 앞에 서서 감상하는 형태인데, 이번 이머시브 반 고흐는 반대로 감상자들은 감상하기 좋은 자리에 앉거나 서 있고 작품이 움직이는 형태의 전시였다. 함께 간 친구들은 모두 흩어져 각자 편한 자리에 앉아서 보았다. 나는 뒤쪽에 서서 사진을 찍으며 관람했다.

관람자를 작품 속으로 걸어 들어가게 만든 연출은 가히 환상적이었다. 우리는 완전히 작품 속에 빠져들었다. 명작들이 움직이며 벽을 가득 채우는 4D 방식의 프로젝션은 특별한 경험이었다. 반 고흐의 명작

「감자 먹는 사람들」, 「별이 빛나는 밤」, 「해바라기」 등 300여 개 이상의 작품이 벽과 바닥을 이용한 최첨단 프로젝션 맵핑 기술을 통해 입체적으로 재탄생되면서 몰입도를 높여 주었다.

작가의 불타오르는 내면세계가 느껴졌다. 미칠 수밖에 없는, 미치지 않고는 그려낼 수 없는 그의 내면세계가 130여 년이 지난 지금 내 눈앞에 나타났다. 그의 생애 가운데 단 10년 동안 신비한 그림을 그토록 많이 남기다니 놀랍다.

고흐는 생의 마지막까지 빈곤에서 헤어 나오질 못했다고 한다. 피폐한 삶이었기에 정신병원에 입원했고 자신의 존재감을 느끼기 위해 그림을 열심히 그렸다. 자기 귀를 잘라 낼 만큼 그의 정신세계 속에는 무엇이 살아 있었을까. 물소리, 새소리, 빗소리, 바람소리, 갈대소리. 너무나 평화스러운 목가 풍경, 들판, 밤하늘, 벚꽃, 해바라기, 침실과 초상화까지. 놀라울 뿐이다. 그의 그림 속에 가만히 서 있노라니 감탄과 환희가 밀려왔다. 불행한 천재 빈센트 반 고흐의 '슬픔은 살아있는 동안 계속되는 거야. 이제 죽고 싶다.'고 한 마지막 말이 귓전으로 들리는 것 같다. 정신병을 앓고 있던 가운데 그린 작품들이건만 그가 말한 '거대한 슬픔'이 느껴졌다. 또한 고유의 강렬한 색감과 세밀한 붓 터치에서 그의 뛰어난 감수성과 예술성을 온몸으로 느낄 수 있었다.

바람 부는 정원에서 꺼져가는 정신을 붙잡으며 그림을 그리던 남자, 완벽한 색감의 조화로 생의 마지막까지 열정을 쏟아부은 화가, 불행했던 그는 떠났지만 신비하고 아름다운 그림은 남았다. 볼 때마다 내가 그를 기억하니 그의 이름은 내 가슴속에서 영원히 사라지지 않는다. 그의 작품은 불멸이다.

미술이 시각의 예술이라면 음악은 청각의 예술일 터. 눈이 어두워지기 전에 부지런히 보고 귀가 안 들리기 전에 듣고, 다리 아파 걷지 못하기 전에 문화생활을 하고 싶다. 마음 통하고 취미가 같은 친구와의 문화 나들이는 노년의 아름다운 외출이 아닐까.

[2-2022]

가을을 품은 매머드

막내딸이 전화했다. 엄마, 아빠, 언니, 나 우리 넷이서 10월 말에 매머드(Mammoths)로 여행을 가자고 한다. 고마운 초대다. 마음은 벌써 이스턴 시에라로 달린다.

딸들은 직장 생활과 아이들 뒷바라지에 바쁘다. 그런 중에도 짬을 내어 남편과 아이들을 두고 부모와 여행을 가자는 그 효심이 고마웠다. 지난번 막내딸이 매머드에 있는 별장(Vacation Home)을 리모델링 하면서 오라고 했는데 가고 싶어 하는 나와는 달리 남편은 먼 길이라면서 사양했다. 가을의 비경을 바라보며 그곳에서 글감도 얻고 새로운 삶의 도전도 받고 오면 좋으련만 가지 않으려 하는 남편 때문에 섭섭하던 차에 기분 좋은 연락이 왔다.

하늘을 향해 위용을 뽐내는 휘트니 산봉우리를 따라 길을 떠났다. 딸 둘과 우리 부부만 가는 여행은 처음이라 설레고 행복했다. 론 파인은 가을의 수채화 같다. 길 위에 피어 있는 노란색 브리틀 부시가 예쁘다. 빅 파인에서 바라보는 시에라 산맥이 솜뭉치 흰 모자를 썼다. 비숍의 유명한 빵 가게(Erick Schat's Bakery)에서 샌드위치를 사 먹고 잠시 쉬어 간다.

가을이 오면 나이와 상관없이 나는 가슴이 설렌다. 비숍의 눈부신 사시나무가 파르르 떠는 모습이 꿈에도 보이고 살랑대는 단풍잎 소리도 귓가에 들린다. 비숍은 황금빛 가득한 은사시나무의 진면목을 보여주는 곳인데 올해는 제철을 조금 비켜 시월의 끝을 붙잡고 왔다.

눈 덮인 시에라 산맥을 끼고 매머드 입구로 들어오니 우거진 소나무의 향연이다. 산장의 지붕마다 눈이 소복이 쌓여 있다. 몇 년 만에 보는 눈인가. 전부가 눈이요 산 전체가 하얀 설국(雪國)이다. 해발 8,000피트의 산장 마을이지만 시즌마다 단풍 구경과 낚시, 스키를 즐기러 오는 관광객으로 북적댄다. 관광객이 한두 달씩 머물다 떠날 만큼 힐링 장소로도 유명하다. 늦가을과 초겨울이 만들어 낸 쌉쌀한 공기가 폐 속으로 스며든다.

주위에 흩어져 있는 크고 작은 호수를 보러 나왔다. 준레이크(June Lake)를 돌면서 실버레이크, 그랜트레이크까지 딸들이 아버지를 양쪽에서 호위하며 절경을 찍었다.

트윈 호수(Twin Lake)로 갔다. 호수 속에 산과 하늘과 나무가 잠겨있다. 호수 옆 사시나무와 갈대는 바람에 흔들거리고 바닥이 보이는 맑은 호수는 말 그대로 명경지수다.

그 풍광이 마치 한 폭의 그림을 보는 듯하다. 천혜의 자연을 만날 수 있는 이곳에 오면 나는 마음이 고요해지며 행복해진다. 휘트니산에서 눈이 녹아내리는 계곡물은 풀빛 색깔을 띤 채 실개천 속에서 맑은 소리를 내며 조용히 흘러간다. 물의 음악, 계곡의 노래다.

가을을 눈에 더 담아야 한다. 마음을 채워야 한다. 창문가에 서서 별장 옆 파인트리 위 설경의 아름다움에 쑥 빠져든다. 문을 열고 나가 살얼음으로 변해가는 눈을 만져봤다. 오래간만에 만져보는 눈의 촉감이 신선하다.

다음날 찾아간 호수는 아름다운 컨빅트 호수(Convict Lake)다. 둘러싸고 있는 산은 자연적으로 조각이 된 산이다. 호수엔 송어가 뛰놀고 낚시꾼의 낚싯대가 춤춘다. 딸 둘과 2.5마일의 흙길 loop를 따라 하이킹했다.

사시나무 아래 그늘진 곳으로 걷는 길은 눈이 녹아 조심스러웠다. 사시나무는 바람에 펄럭이며 빗소리를 낸다. 딸들이 앞뒤로 걸으면서 내 발걸음에서 눈을 떼지 않는다. 어미를 챙기는 모습이 어릴 적 내가 저희에게 하던 대로다. 이젠 역할이 바뀐 것일까. 우리를 아껴주고 챙겨주는 아이들이 고맙다. 행복하다. 호수를 걷는 하이킹 코스는 360도로 풍광이 펼쳐진 것이 영화의 한 장면인 듯하다. 반은 음지요 반은 양지다. 그늘이 내려앉은 곳을 벗어나 햇빛이 비치는 길로 걷는다. 호수 빛깔이 청록색이다. 보석 빛깔이다. 다른 쪽에서 보면 은빛으로 빛난다. 호수는 그대로인데 보는 방향에 따라 다르게 보이는 것도 신비롭다.

사시나무(Aspen)는 가을이 되면 노랗게 단풍이 들지만 줄기는 하얀 것이 고고해 보인다. 사시나무는 고산지대에서는 바위나 자갈이 많은 땅에서 자란다. 맑은 수면을 가득 채우는 노란 빛깔의 환상적인 조경이 명경지수의 호수 안에 가득하다. 차가운 날씨와 눈이 녹아내려 개울을 만들며 흘러내려 호수의 물빛이 청록색이다. 사시나무 잎이 다 떨어지고 남겨진 나무의 잎새 끝에서 계절의 흔적이 보인다. 고운 단풍을 만나지 못할 거라 생각은 했지만 정작 짙어가는 가을을 보니 고독에 젖어

든다.

  나흘 동안 여섯 호수를 돌아보았다. 하늘이 수족관 안에 물고기를 담은 신비한 구름도 펼쳤다. 하얗게 만년설로 덮인 휘트니산의 설경 또한 더없이 황홀하다. 하나님께서 만드신 이곳에서 자녀들과 맘껏 쉬고 가도록 허락하신 좋으신 하나님께 감사드린다. 딸들과 가진 여행이 우리 부부의 인생 여정에 또 다른 보석으로 남았다.

  가을이 되면 천자만홍으로 물드는 모국의 단풍을 거동이 더 불편해지기 전에 한 번 더 가 보는 것이 우리 부부의 소망이다. 내년에는 자유로운 여행이 가능할까. 정말 코로나는 떠나가 줄까?

[12-2021]

세라노 크릭

새벽어둠이 창문을 빠져나간다. 창 너머 이슬에 젖은 거미줄이 바람에 휘청거린다. 오늘도 활력 찬 하루를 살기를 스스로에게 다짐한다. 오늘이 그 누군가에겐 그토록 살고 싶었던 '하루'가 아닌가.

세라노 크릭 공원으로 향했다. 주택가 안에 이런 평화로운 공원이 있다는 것을 이제야 알았다. 집에서 겨우 15분 거리밖에 떨어지지 않은 곳인데.

레이크 포레스트라는 도시 이름에 어울리게 숲으로 가득한 산책길을 걸었다. 길옆으로 나란히 흘러가는 개울물의 노랫소리가 요즘 들어 이별의 슬픔으로 버거워하는 마음을 정화시키고 치유해준다. 오빠의 죽음과 그리스도 안에서 혈육보다 짙은 친구 남편의 죽음, 그 아픔으로 고통받지 말고 떠나보내며 잊으라고 개울 물소리가 말하는 듯하다.

많은 나무에서 파란 새순이 돋아나 부드러운 손길로 내 맘을 쓰다듬어 준다. 조금 전까지만 해도 '나 힘들어. 정말 힘들어.'하는 생각에 사로잡혀 있었는데 가지를 뚫고 아픔을 견디며 나온 어리고 연한 잎을 보고는 차마 그 말을 꺼낼 수가 없다. 새순은 나무를 뚫고 나오면서 얼마나 아프고 힘들었을까. 수풀이 말하지 않는가. '힘이 들더라도 현재를 사랑하고 즐겨야 하는 것은 지금 이 순간이 내 인생의 마지막 순간이 될 수도 있기 때문이라고.

우거진 숲이 뜨거운 햇빛을 가려주어 시원하다. 친구들과 담소를 나누며 다시 한번 살아있음에 감사했다. 가던 길 끝에서 개울물 건너편으로 돌아 왼쪽 길을 걸었다.

주택들이 나란히 진열된 듯 늘어서 있다. 산책길에 모래를 깔아 놓아 걷기에 편안하다. 집집마다 담장 밖으로 고개를 내민 꽃들이 예쁘다. 빨간 크리스마스 꼬마전구를 닮은 꽃도 있다. 학 모양의 하얀색 파라다이스도 멋지게 피었다. 팝콘이 터지는 듯 핀 다정 큼 꽃(Rhaphiolepis)도 예쁘다. 옆집의 또 다른 꽃나무는 무궁화꽃 모양인데 노란색을 띠고 진한 오렌지색 긴 수술을 뻗은 것이 솔빗 같다. 보라색 꽃은 꽃잎이 넓어 날개 춤을 추고 있다. 모두 봄의 무도회에서 공연 중이다.

S권사님이 정성껏 싸 온 유부초밥이 맛있고 미나리전도 특별한 맛이다. 몸이 건강치 못해도 우리를 대접하려 애쓰신 흔적이 확연하다. S권사님은 잔잔한 미소를 띠고 조용한 목소리로 은근한 사랑을 나누어 주신다.

공원에 들어설 때는 이곳저곳 구경하느라 유유자적하며 걸었기에 점심 후 한 번 더 빠른 걸음으로 트레일을 걸었다. 더울 때는 이곳만 한 곳이 없으니 다시 오자고 약속을 나누고 헤어졌다. 오늘은 올 수 있었지만, 내일은 아무도 모른다. 장담할 수 없다. 나이가 들어가니 오늘이 마지막 날인 듯 생각하게 되는 것은 어쩔 수 없다.

맑은 개울물이 비발디의 사계 중 봄의 교향곡처럼 들려 위로가 된 하루다. 예쁜 꽃도 바람과 함께 왈츠를 추며 웃음을 선사했다. 자연이 주는 선물이 이토록 무궁무진하다는 것에 감사함이 더해진다. 나의 생명이 영원무궁하신 창조주 하나님의 선물이기에 나도 자연에 맑은 생명력을 전해야겠다.

햇살이 뜨거운 한낮을 우거진 숲으로 가려준 시원한 세라노 크릭 같은 친구들. 그들과 이해와 배려를 나누는 삶이 복되다.

[4-2021]

포레스트 폭포에 오르다

이제 봄인가. 각양각색의 새가 난데없이 창가로 몰려왔다. 햇빛을 입에 문 아름다운 새들이 날갯짓하며 내 창을 노크했다. 꿈이었다. 오늘 숲으로 하이킹을 하기로 해서 그랬을까.

꿈의 여운을 안고 빅베어 아랫동네 포레스트 폭포(Forest Falls)에 왔다. 몇 해 전 두어 번 왔는데도 처음인 것처럼 새롭다. 하이킹 일행 중 막내는 초행길이라 그런지 표정이 들떴다. 집에서 한 시간 반 거리지만 한 걸음인 듯 달려오고 싶은 곳. 흙으로 밥을 짓고 돌멩이로 공기놀이하며 신발을 물에 띄우고 놀던 어릴 적의 그 풍요로운 추억이 돋아나는 편안한 곳이다.

산을 오르면서 바라보는 하늘은 파란 파스텔색이다. 바람이 구름을 몰고 퍼져 간다. 하늘을 캠퍼스 삼아 창조주 그분이 수묵화를 그리는가, 입김을 내뿜는가. 참나무와 고목이 뿌리를 드러낸 채 서 있다. 비바람으로 산이 깎여 계곡 끝에 용케 버티고 선 나무들이 장하다. 땅이 비옥해서인지 산길에 도토리가 수북이 떨어져 있다. 도토리가 가나안의 포도알처럼 유난히도 크다. 전에 왔을 때 눈이 쌓였던 모습과는 전혀 다르게 개울가는 3월의 초록으로 가득하다. 하늘과 나무, 개울물

소리가 청아하다. 크고 작은 바위는 그분이 대지 위에 세운 또 다른 작품일까. 금방이라도 움직일 듯 생생하다. 어떤 바위는 멧돼지 같고 어떤 바위는 호랑이 같고 또 다른 바위는 눈 큰 사람의 얼굴로 보이니 그 변화무쌍한 형태가 신기하다.

물가에 앉아 손으로 퍼 올리는 맑은 수정의 계곡물. 너무 깨끗해 바닥이 훤히 들여다보인다. 앞서거니 뒤서거니 흐르는 물소리에는 잡음이 없다. 청정한 물의 화음이다. 냇물 속에 구름도 같이 흐른다. 맑은 물 냄새와 산 냄새가 가슴으로 스며든다.

여기저기 널려있는 작은 돌멩이, 너는 옛날엔 큰 산이었겠지. 산모퉁이가 비바람을 만나 깨질 때 맨몸으로 굴러떨어지며 바위가 되고 작은 돌멩이가 되고 모래가 되느라 얼마나 아팠을까. 큼직한 돌덩이 사이사이에 박힌 작은 돌멩이가 개울물에 떨어져 몸을 씻는다. 인고의 씻음이다.

흐르는 개울 속에 무늬를 그린 돌멩이가 많다. 같이 간 친구는 그 예쁘고 기묘한 모양의 돌 하나하나에 눈 덮인 산, 말 타는 사람, 우주와 달, 머리핀을 꽂은 여인, 킬리만자로의 눈이라 이름 붙이며 행복해했다. 돌멩이는 내 감성의 영토에 들어와 이야기를 건넨다. "나는 아무것도 가진 것이 없어. 옷 한 벌 걸치지 않아도 춥지 않고 행복해."

전나무의 바늘잎이 신록의 계절을 절감하게 한다. 스쳐오는 맑은 바람에 잎사귀가 흔들려 흐르는 물소리와 합주한다. 아픈 영혼도 치료가 될 것 같은 오묘한 소리다.

산들바람이 스친다. 족히 백 살은 되지 않을까 싶은 아름드리나무의 그늘 밑에서 친구들은 진수성찬을 펼쳐 놓는다. 막내가 싸온 특식은

샤부샤부 고기를 찹쌀가루에 묻혀 프라이팬에 구워온 육전이다. 매운 소스로 버무린 샐러드와 싸서 먹으니 맛이 훌륭하다. 하늘을 가린 가지만큼 풍성한 우리의 대화는 산행에서 얻어가는 귀한 보약이 된다.

계곡 옆 도토리나무는 떨어지는 작은 폭포에게 자리를 내어 주고 오랜 세월 지켜온 뿌리를 드러냈다. 나도 저렇게 깎인 후에도 누군가에게 자리를 내어 줄 수 있을까. 개울 속 돌멩이처럼 굴러떨어져 씻기며 살아갈 수 있을까. 없는 것 같으나 모든 것을 가진 무소유의 소유를 살고 싶다.

[중앙일보, 이 아침에 3-2022]

chapter 3

그리움과 추억

추억은 힘이 세다

선선한 바람이 부는 9월이 되면 내 추억의 창고에서 먼지를 털고 어제 일인 듯 걸어 나오는 이야기가 있다.

나이 서른에 터스틴시에 위치한 아파트 매니저를 하게 된 것은 정말 우연이었다.

저녁 식사가 끝나면 나는 한 살이 안 된 막내를 유모차에 태우고 3살, 5살 된 아이들을 걸려서 몬티고 아파트 앞을 지나 산책을 하곤 했다. 그때마다 아파트 매니저 멜라니는 잔디에 물을 주고 있었다. 그 집 아들과 우리 아들은 같은 유아원을 다니기에 멜라니와 나는 쉽게 친해졌다. 가끔 마켓도 같이 다녔다.

어느 날 멜라니가 산책하는 나를 반갑게 불렀다. 부부가 오하이오에 계신 부모 곁으로 이사하기로 해서 아파트 매니저를 그만두려고 하는데 나를 후임으로 추천하고 싶다고 했다. 너무 갑작스러운 일이라 당황스러웠지만, 남편과 의논해 보겠다고 하고는 집으로 돌아왔다. 남편은 회사에 다니고 있지만 우리는 좋은 경험이 될 것이라는 의견에 매니저 일을 맡기로 했다.

몬티고 아파트는 루미스 자산관리(Loomis Property) 회사가 관리하고 있었다. 남편과 함께 인터뷰와 전과 조회를 마치고 2주 만에 정식 직원이 되었다. 26 유닛을 관리하는 매니저의 특혜는 아파트 앞쪽 3 베드 룸 독채를 무료로 사용하는 것이었다. 나의 임무는 입주자 인터뷰와 월세를 받아 관리사무소에 전달하는 일이었다. 남편은 건물 관리를 맡았다. 잔디 깎기나 페인트, 모든 수리는 관리사무실에 연락하면 회사에서 직접 하기 때문에 어려운 일 없이 2년간 매니저 일을 했다.

어느 날 아파트에서 타파웨어 파티가 열렸다. 호스트는 13호에 사는 제니였다. 제니는 사람의 마음을 움직이는 말솜씨로 물건을 많이 팔았다. 나도 그날 파 넣는 플라스틱 통을 샀다.

그 일로 제니와 나는 가까워졌고 제니의 남편이 사진작가라는 것도 알게 되었다. 제니와 딸은 백인이고 남편은 흑인이었다. 제니 남편은 마음씨 좋은 신사였다. 출장으로 집을 비울 때 외엔 가정을 돌보는 가장이었다. 항상 웃음을 잃지 않았고 친절하게 먼저 인사를 건넸다. 우리 사이가 익숙해지자 그가 나와 막내딸을 모델로 사진을 찍고 싶어 했다. 몇 번 거절하다 결국 승낙하였다. 우리 집 소파에 앉아서 딸을 안고 찍은 사진은 오렌지 몰에 전시되어 상을 받았다. 제목은 「엄마와 딸」이었다. 지나고 보니 소중한 추억의 사진이 되었다.

얼마 전 터스틴 시에 갈 일이 있어 옛날 그 아파트로 가 보았다. 가슴이 두근거렸다. 44년이 지났지만, 기억이 또렷했다. 내 평생 첫 직장이었고 애정을 쏟아 일했던 곳이다. 입주자들을 관리할 때의 많은 이야기가 떠올랐다. 나무 담 너머로 살짝 아파트를 들여다보았다. 우리가 살던 그 방에 지금은 누가 살고 있을까 궁금했지만, 집 주위는 고요하고 사람은 보이지 않았다. 입주자들이 이사 갈 때 버리고 가는 선인장이나 화초를 화분에 옮겨 올려놓던 벤치는 사라지고 없었다.

비 오는 날 거실의 벽난로 앞에서 남편과 커피를 마시며 이야기를 나누던 날들. 굴뚝을 타고 산타클로스 할아버지가 선물을 가져온다고 믿고 있던 어린아이들에게 동화책을 읽어주던 그때가 그리웠다.

오늘은 유난히 흑인 사진작가 부부가 생각난다. 그들은 얼마나 늙었을까. 아니 얼마나 잘 익어가고 있을까. 백인 아내는 부모님의 극심한 반대를 무릅쓰고 결혼했다고 했는데 여전히 행복하게 잘 살고 있을까. 어느 날 부부싸움을 하고 나와 울고 서 있던 제니, 그들 부부가 안고 있던 슬픔은 지금쯤 다 지나갔는지….

그 집의 애교쟁이 딸 캐롤라인도 보고 싶다. 44년 전 직장이었던 몬티고 아파트 앞에서 기도했다. 제니네 가족이 부디 어려움이 있었더라도 잘 극복하고 행복하게 살고 있기를….

인생은 배낭을 메고 떠나는 여행 같은 것. 배낭이 가벼울수록 발걸음은 가볍다. 버려도 되는 것은 미련 없이 버리고 걸어가자. 다만 아름다운 추억은 몇 짐을 가득 메어도 가볍고 오히려 힘이 된다.

[중알일보, 문예마당 11-2021]

언젠가는 낙엽이니

일상을 짓누르는 코로나의 답답함도 체감기온 100도를 오르내리던 무더위도 새하얀 구름과 함께 하늘로 날아갔으면 하는 마음이다.

팬데믹 상황은 모두를 집 안에 가두어 버렸다. 북가주 화재도 큰 몫을 했다. 남가주 화재 후 날씨는 더 더웠고 눈처럼 내리는 회색빛 잿가루가 창문도 닫아걸게 했다. 우리 동네 어바인 주민들은 경찰국의 대피명령을 받고 피신을 나갔다가 돌아오는 집도 많았다.

노랗게 붉게 황금빛으로 물드는 나뭇잎에 정취를 느끼고 싶었다. 저 멀리서 가을이 찾아오면 고갈된 내 마음도 찬란한 색깔로 물들고 싶었다. 가을 문턱에서만 볼 수 있는 파란 하늘 위에 양떼구름과 뭉게구름도 그리웠다. 멀리 가지 않아도 볼 수 있던 동네 단풍도 못 본 채 가을은 소리 없이 떠나버렸다.

아무 곳에도 못 가 보고 입동을 맞았다. 마음만 아니라 몸까지 춥다. 빨리 마스크를 벗고 입가에 미소를 보며 이야기하고 싶다.

엘 토로 친구 집 앞에 모여 40분 정도 떨어진 오닐 공원(O'neil Park)으로 하이킹하기로 했다. 공원 초입에 들어서니 요세미티를 연상케 하는 우거진 숲길이 마음을 사로잡았다. 탁 트인 전망에 고목과 참나무가 숲을 가득 채웠다. 발밑에 밟히는 크고 작은 도토리가 예쁘다. 낙엽도 많이 쌓였다. 산에 오면 마음이 넓어진다. 섭섭함, 외로움도 잊어버린다. 자연의 꿈은 넓어서 미움도 다툼도 미련 없이 버리게 한다.

우리 하이킹 모임의 이름은 서로를 잊지 말자고 '물망초'로 지었다. 오랜 시간 함께하니 인연이 깊어졌다. 오만을 경계하니 서로 따뜻하고 편안하다. 나무 밑 벤치에 앉아 도시락으로 애찬도 나눴다. 굵고 넓은 참나무는 선물이고 그 밑 그늘과 바람은 보너스다. 비록 마스크를 썼지만 벗들과 함께 하는 오늘은 삶의 특별한 선물이다.

구름 한 점 없는 하늘 아래 우리는 산길을 걸었다. 원시림 같은 나무 숲을 지나 높이 오르니 고목 옆구리에 큰 버섯이 솟았다. 절벽 아래를 보니 트라브코 크릭이 바짝 말라 있다. 비가 내리면 개천은 다시 넘쳐 흐르리라. 건너편 산등성이가 인생의 굴곡인 양 아득하고 눈을 들면 하나님의 영광이 우주에 충만하다. 모든 것이 아름답고 신비하다.

산에서 내려오면서 구르몽의 시 「낙엽」을 암송했다.

시몬 너는 좋으냐? 낙엽 밟는 소리가.
가까이 오라, 우리도 언젠가는 낙엽이니
가까이 오라, 밤이 오고 바람이 분다.
시몬, 너는 좋으냐? 낙엽 밟는 소리가.

떨어지는 잎을 보면 나의 미래가 보인다. 파란 잎사귀는 단풍이 된다. 단풍은 갈색으로 땅에 떨어져 흙으로 돌아가 새싹에 영양이 된다. 우리네 인생과 똑같다. 하나님의 섭리는 진리임을 다시 한번 깨닫는다.

우리는 그렇게 낙엽을 밟으며 구르몽의 시를 외웠다. 낙엽을 밟으면서 삶과 죽음을 묵상하게 하는 시 한 편을 가슴에 담았다. 풀 한 포기 낙엽 한 잎에도 자연이 주는 교훈은 위대하다.

젊음을 사랑하고 노년을 아끼며 사는 것이 정녕 하늘이 주신 축복인 것 같다. 그날 일상을 짓누르던 코로나의 답답함을 구름 한 점 없는 하늘로 떨쳐버리며 낙엽 위에 내 마음도 담았다. 코로나를 제발 데리고 가 달라고.

[중앙일보. 이 아침에 12-2020]

일곱 살에 술을 끊은 소년

부모님과 함께 약혼식장에 도착했다.

식장 안으로 들어서다가 신랑과 눈길이 마주치면서 나는 얼굴이 빨갛게 달아올랐다. 선을 보고 사흘 만에 약혼식을 하니 친구와 친척들은 놀람 반 호기심 반으로 한걸음에 달려왔다. 나는 누군가의 아내가 된다는 설렘보다 처음 해 보는 화장과 한복이 어색하고 불편하기만 했다.

남편은 장인어른이 건네는 축하 샴페인을 술을 못한다며 사양했다. 정중했지만 사양은 사양이다. 남편의 친구인 사회자도 친인척도 모두 뜨악했다. 나는 그리 깊은 교제가 없는 사이였는데도 내 잘못인 듯 그저 난감하고 무안했다.

약혼식이 끝나고 생음악이 흐르는 명동의 분위기 좋은 레스토랑에 가서 식사를 했다. 둘만의 시간이 되었을 때 그는 일곱 살에 금주를 시작한 우습고도 귀여운 이야기를 들려주었다.

어릴 적 남편은 또래 아이들보다 체격이 커서 골목대장 자리를 놓치지 않았다. 그래도 그 시절 여느 아이들처럼 겨울에는 콧물을 달고 다녔고 옷소매는 흐르는 콧물을 비벼 뻔쩍거렸다고 했다. 바깥에서 뛰어 노는 것이 일이었던 개구쟁이는 저녁 먹으라는 소리도 여러 번 들어야 마지못해 집으로 들어오곤 했다.

아버님은 밥상을 받으시면 안방 다락문을 열고 정종이 든 병을 꺼내어 조그마한 잔에 부어 마셨다. 아이는 궁금했다. 뭘까? 그것이 술인 줄 알 리 없으니 호기심은 날마다 커졌다.

아버님께서 집을 비운 어느 날, 다락에 올라가 그 병을 꺼내 한 모금 마신 뒤 바깥으로 뛰어나가서 놀았다. 깡통 차기, 자치기, 술래잡기, 땅따먹기, 구슬치기, 딱지치기… 친구들과 아무리 놀아도 전혀 춥지 않았다. 신기했다. 몇 번을 더 몰래 다락에 올라가 정체불명의 물을 따라 마셨다.

다음날도 놀다가 집에 들어와 다락으로 올라가 남은 술을 다 마셨다. 시간이 얼마 지나지 않아 다락 안이 빙빙 돌며 몸이 노곤해졌다. 스르르 졸음이 와 눈을 감았다. 만취의 무아지경이었다.

집안은 커다란 소동이 일어났다.

아이가 저녁 먹으러 집으로 뛰어 들어올 때가 훨씬 지났는데도 나타나지 않는다. 날은 진즉에 어두워졌는데 아이가 온데간데없다. 식구들이 흩어져 연지동 온 동네를 뒤졌다. 창경궁, 서울대학병원, 정신여고까지 다 찾아다녔지만 없었다. 가족들은 누가 데리고 갔거나 청계천 개울물에서 놀다 넘어져 떠내려갔을 거라 탄식했다.

속이 하얗게 타들어 간 어머니는 뜬눈으로 그 밤을 새웠다. 먼동이 트자 파출소에 가서 미아 신고를 해야겠다고 방을 나서려던 그 순간 아이가 다락문을 열고 눈을 비비고 나오는 것이 아닌가. 털썩 주저앉은 어머니는 꿈인지 생시인지 기절할 뻔하셨다고 했다. 죽은 아들이 살아온 거나 마찬가지니 얼마나 놀라고 한편 기쁘셨을까.

아이는 등을 몇 대 맞으면서도 왜 맞아야 하는지 이유를 몰랐다고 했다. 그 후로 일곱 살배기 꼬마에게 금주령이 내려졌다.

아이들 결혼식이나 우리 결혼기념일에는 그래도 샴페인 한 잔쯤 해도 될 것 같은 마음이지만 결혼생활 50년이 지난 지금까지 남편이 술을 입에 대는 것을 본 적이 없다.

일곱 살 때의 음주 사건이 평생 금주로 일관한 철칙이 되었다. 이상하게도 그 후로는 술병을 보아도 취하고 술 냄새가 바람결에 실려와도 취한다고 했다.

[미주문학, 여름호 2021]

시간은 흐른다

"너는 털이 많아 좋겠다. 나한테 좀 주지."

남편이 강아지를 안고 놀다가 부러운 듯한 말이다. "요즘 당신 머리카락이 많이 빠져 속상하다."며 내가 눈치도 없이 투정을 부렸는데 갑자기 미안해진다.

우리가 처음 선을 보던 날 앞쪽 머리숱이 적어 대머리가 되지 않을까 하는 생각이 들긴 했지만, 신사적인 태도에 반해 결혼했다. 남편은 아이들이 태어나고 몇 해 만에 정말 대머리가 되었다.

옛말에 "온 돈 주고 반 머리 깎는다."는 말이 있다. 뭔가를 할 때 손해 보는 느낌이 들면 하는 말이다. 머리카락이 별로 없는데 남들과 같은 값을 내고 이발소로 가는 것이 아까워 남편 머리를 내가 깎기 시작했다. 율 브리너 스타일이지만 주변머리는 남아있어 완전히 머리가 없지는 않게 깎는다. 남편은 성격이 깔끔하여 나갈 일이 없는 코로나 와중에도 정확하게 3주마다 이발을 한다.

2020년엔 코로나로 자택 칩거와 마스크 사용, 안전거리 지키기 등 처음 접하는 삶의 방식을 경험했다. 결혼 50주년 기념으로 2월에 하와이를 다녀온 그 여행을 끝으로 칩거가 시작되었다. 비대면이 자리를 잡았고 인터넷 예배를 드리고 그룹 미팅은 줌으로 하거나 동영상으로 여는 것이 일상이 되었다.

어느 날은 마켓에 고기가 동이 나 진열대가 텅 빈 것을 보고 이것이 현실인가 오싹하기도 했다. 코스트코에서는 줄을 길게 서서 화장지 한 팩과 물 한 케이스씩만 사 가도록 하기도 했다. 유명한 목사님도 텅 빈 교회에서 직계가족만 참석한 가운데 장례식을 치르면서 이를 동영상으로 중계를 했다. 수필반 문우 한 사람도 하늘나라로 떠났다.

그런 와중에도 사계절이 지나가면서 꽃도 피고 열매도 맺고 낙엽도 지고 먼 곳 산 위엔 눈도 내렸다. 삐걱대는 지구의 겨울 속에도 역사는 흘렀다. 과거는 현재가 되고 또 현재는 과거가 될 것이다.

어떤 일이 기다릴지 모르는 2021년이 벌써 1월도 중순을 지났다. 혼돈의 시기를 지나가지만 우울한 것만은 아니다. 어두운 겨울 속에도 봄은 어김없이 찾아와 주기에 축복의 시간도 경험했다.

한국 친구는 49명만 모여 자녀의 결혼식을 계획대로 치렀고 미국 친구의 조카는 결혼을 더는 미룰 수가 없어 집 뒤뜰에서 가족 10명만 참석하여 결혼식을 했고 하객은 드라이브 스루로 집 앞 도로에서 선물과 인사를 나누었다. 친구의 자녀들도 이곳저곳에서 아기를 출산했다. 자녀들은 부모에게 관심을 더 가지게 되었고 자손에게 음식도 더 자주 해주며 돈독해졌다.

'엎어진 김에 쉬어간다.'는 말이 있다. 코로나로 모든 것이 어렵게 되었지만 방역이나 염려는 나라에 맡기고 나는 의미를 부여하는 글을 어떻게 하면 더 잘 쓸 수 있을지 쉬어 가면서 생각해봐야겠다. 뜻대로 되지 않아 나중에 후회하는 일이 있더라도 말이다.

내 머리카락이 빠져도 남편 앞에서 불평하지 말아야지. 부러워하면 지는 거라 했으니 남편이 그 마음 들지 않도록 말과 행동을 더욱 조심해야겠다.

새 결심에 희망을 얹어본다. 제발 코로나를 무찔러다오. 풍토병이 되지 않도록 지구를 고쳐다오. 꿈꾸는 소망아 태양처럼 솟아다오.

[중앙일보, 이 아침에 1-2021]

내가 나에게 주는 유언

장례식장은 누군가의 지나간 삶을 되돌아보는 곳이다. 떠남은 예외가 없다. 삶과의 작별에서 고인은 편안히 잠들어 있지만 보내야 하는 남편, 아내, 자식, 친구에게는 슬픔이다. 사랑하던 사람을 잊어야 하는 고통은 오로지 남은 자의 몫이다.

펜데믹으로 서로가 단절되어 있는 요즈음 여기저기서 들려오는 잦은 부고 소식은 어릴 적 장마 때 나무뿌리와 지붕이 개천에서 떠내려가던 기억을 불러온다.

불멸은 없는 것일까? 이 의문을 단번에 날려버린 위대한 정답이 있다. 성경 중의 성경 요한복음 3장 16절이 아니겠는가. '하나님이 세상을 이처럼 사랑하사 독생자를 주셨으니 이는 그를 믿는 자마다 멸망하지 않고 영생을 얻게 하려 하심이라.' 예수님을 믿는 사람들은 사망에서 생명으로 옮겨졌다. '내가 진실로 진실로 이르노니 내 말을 듣고 또 나 보내신 이를 믿는 자는 영생을 얻었고 심판에 이르지 아니하나니 사망에서 생명으로 옮겼느니라.'(요 5:24)

죽음이 끝(The end)이라고 하는 일반 인식은 오답이다. 육신적 삶의 끝일뿐 그리고(and) '멸망치 않고 영생을' 얻음이 신앙적 정답이라고 나는 확신한다. 할렐루야!

한 되 반 정도의 하얀 가루로 남는 죽음이다. 육체의 마지막 잔해는 고와서 질량감도 느껴지지 않는 먼지 같은 안개 빛깔일 테지.

나는 조촐한 장례식을 자녀들에게 부탁해 놓았다. 조화는 가족 이름으로 하나면 족하다. 나의 영정사진을 앞에 두고 바라보는 사람들을 생각해본다. 그들에게 나는 어떤 사람으로 기억될까. 온기와 향기를 가진 사람으로 생각될까. 언제까지라도 참아주고 기다려 주는 사람이었을까. 친구나 친지들이 의미 있는 삶을 살다가 떠났다고 기억해 준다면 그것으로 족하다. 나는 나에게 이렇게 유언(?)한다. "의미 있게 살고 의미 있게 죽자고."

먼 훗날 꽃길보다 아름다운 그곳에서 다시 만날 때, 내 피만큼 귀했던 남편과 자식, 부모 형제 그리고 존경했던 분, 좋아했던 친구들을 꼭 다시 만날 수 있길 소망한다.

죽음아, 너의 이기는 것, 쏘는 것이 어디 있느냐! (고전 15:55)

[11-2021]

잘 두지 마, 찾기 힘들어

"그러게 당신은 잘 두면 더 못 찾으니까, 잘 두지 마."

산책하려고 재킷을 찾는 내게 남편이 핀잔을 주었다. 어디에 두었을까. 도무지 생각이 나질 않는다.

"그러게 당신은 잘 두면 더 못 찾으니까, 잘 두지 마."

사방을 뒤지고 있는 내게 남편이 기어이 핀잔 한 마디를 더 던진다. 올해 들어 벌써 몇 번째 같은 소리를 듣는다. 요즘 내 정신머리 때문에 걱정이다. 옷장이며 서랍이며 차고며 옷을 찾느라 머릿속도 전쟁터가 됐다. 그러는 나 스스로에게 화가 난다. 머리가 나쁘면 손발이 고생이라더니 지금 내가 딱 그 모양새다.

결국 그 옷은 나흘 만에 찾았다. 땅에 묻힌 진주를 찾은 듯, 6·25전쟁 때 헤어진 형제자매를 찾은 듯 나는 흥분해서 남편을 향해 소리쳤다. "찾았어요!" 재킷은 차고의 옷장에 걸려있었다. 어제는 분명 안 보였는데. 그렇게 한바탕 소동은 지나갔다. 태풍이 지나간 흔적은 여전히 여기 조금 저기 조금 남았지만 집 안은 아무 일도 없었던 듯하다. 호들갑에 비하면 지나칠 정도로 조용하다.

그 조끼 재킷은 소동을 벌여서라도 찾아야 할 만큼 소중하다. 우선

지퍼를 올려 반으로 접으면 터틀넥 티셔츠처럼 서늘한 목을 감싸준다. 주머니에 손을 넣으면 안에 털 패딩이 있어서 따뜻하다. 양쪽 주머니엔 지퍼가 달려 전화기와 열쇠를 넣어도 잊어버릴 염려가 없다. 중요한 것을 넣을 수 있도록 안쪽에도 깊게 주머니가 하나 더 있다. 날이 몹시 춥지만 않으면 등산할 때 입어도 참 좋다.

더 중요한 게 있다. 그것은 몇 년 전에 큰딸이 사준 것이기 때문이다. 흰색과 회색이 조화를 이룬 은은한 색은 눈에도 쏙 들어온다. 가을에 어울리는 좋은 디자인이다. 겉은 매끈한 하얀 천이고 안쪽은 따뜻한 회색 털이다. 색깔이 무난하고 질감은 부드러우니 마음 맞는 친구인 양 외출 때마다 아끼며 입었다.

그렇게 소중히 여기던 것이 어느 순간부터 서서히 뒷전으로 밀려났다. 조금씩 늘어난 체중 때문이었을까. 내 변덕 때문이었을까. 마치 옷이 무슨 잘못이라도 한 것처럼 거들떠보지도 않고 내버려 두더니 인제 와서 다시 좋아 죽는 사이처럼 매일 입는다. 맘에 드는 색깔과 예쁜 스타일의 재킷이 많아도 나는 요즘 이 재킷만 입는다.

동네 산책은 내가 누리는 사소하지만 달콤한 행복이다. 산책은 올리브유같이 삶을 부드럽게 하고 지친 마음과 몸을 일으켜 세우며 생명의 기쁨을 더하게도 한다. 혼자 산책할 때는 반성의 시간도 갖고 노래도 부른다. 때로는 추억도 불러내며 안부를 물어야 할 사람들의 이름도 생각한다. 오늘은 새로이 해야 할 일의 계획을 세운다. 30분 정도의 산책이 나에겐 금쪽같은 시간이다.

오늘도 재킷을 입고 아침 산책을 나오면서 나도 누군가에게 한때 잠시 잊힐 수 있으나 기어이 다시 생각나는 사람이 되기를 희망해 본다.

아무리 오랜 추억이라도 다시 불려 나오기를, 은은한 심성과 인품으로 나를 부르는 이를 따뜻하게 감싸는 사람이 되기를, 주머니가 많아 구석구석 추억을 꼭꼭 넣고 지퍼로 잠그면 절대 잊지 않는 사람이 되기를 바라본다.

하늘은 청명하고 발걸음은 가볍다. 이게 모두 마음과 몸을 따뜻하고 풍요롭게 해주는 다시 찾은 재킷 때문인 것 같다.

[중앙일보, 이 아침에 2-2021]

고초 만상, 엄마의 시집살이

내가 중학생이 되었을 때 엄마는 여자의 몸가짐에 관한 말씀을 해주시면서 남자와 여자가 평생을 함께할 것을 약속하던 엄마의 혼례 얘기를 해주셨다.

엄마는 얼굴도 예쁘고 조신하고 동네에서 음식 솜씨와 바느질 솜씨가 고운 참한 처녀로 인정을 받아 할아버지 친구분들이 관심을 보이셨다고 했다.

어느 날, 담 너머로 살짝 엄마를 보러 온 신랑은 하얀 피부를 가진 부잣집 아들이었다. 그렇지만 나이가 여덟 살이 더 많고 목소리도 맑은 소리가 아니어서 엄마는 맘에 들지 않았다고 했다. 무엇보다 아직 어려 결혼을 하고 싶지 않았다고 했다. 그러나 엄마의 뜻과는 달리 신랑 집에서 청혼서와 함께 사주단자를 보내왔다. 어른끼리 말씀이 오가며 어느새 혼례 날짜는 정해지고 혼례 전날 옷감과 편지가 든 함도 보내져 왔다.

혼례 날 초례청에 신랑은 서 있는데 각시가 없어졌다. 놀란 외할머니가 기절까지 하시고 겨우 깨어났다. 재래식 변소에 숨어버려 각시를 찾느라 집안이 난리법석이 났다고 했다. 결국 붙잡혀온 각시는 연지곤지도 찍지 못한 얼굴로 원삼에 족두리만 쓰고 혼례를 올렸다. 아득한 80년 전 이야기다.

시댁에서 살림을 시작한 다음 날, 엄마의 큰동서는 새댁을 장독대로 데리고 가서 물통 하나와 행주 하나를 주며 매일 첫닭 울기 전까지 장독을 모두 닦으라고 했다. 장독은 백 개가 넘었다고 했다. 눈 내리는 날은 장독대를 닦느라 손이 시려 어는 것 같았고 비가 오는 날은 저고리가 젖어 추웠다. 엄마는 흐르는 눈물도 닦고 장독도 닦고 나면 닭이 울고 날이 밝았다.

엄마는 열여섯 살에 시집온 철없는 어린 색시를 굳이 시집살이를 시킨 큰동서가 무서웠다고 했다. 대가족 집안에 일을 돕는 식솔들이 많이 있어도 동서는 장독 닦는 일거리는 새댁에게만 시켰다.

신랑은 집안의 막내여서 형님과 나이 차이가 열 살인데 각시와도 여덟 살 차이가 나니 큰시숙과는 열여덟 살이나 차이가 났다. 아침마다 어린 새댁이 고무신과 버선 위에 물 한 방울 떨어뜨리지 않고 장독을 닦았다고 큰시숙은 머리를 쓰다듬으며 칭찬을 하셨다고 했다.

첫아기를 낳을 때는 문고리를 붙들고 입술을 깨문 채 소리를 내지 않고 아들을 낳아 산파도 놀랐다고 한다. 아버지는 시청에서 일하시느라 아내의 산통도 알지 못했다. 시숙께서 집안에 계셔서 신통하다며 감탄을 하고 칭찬하시던 모습을 엄마는 아직도 잊지 못한다고 하셨다.

엄마가 시집오던 해, 친할머니는 허리를 다쳐서 모든 책임과 권리를 큰며느리에게 맡겨 놓으셨다. 허리춤에 곡간 열쇠 꾸러미를 차고 계신 엄마의 큰동서는 집안의 총책임을 맡았다. 곡간 안에는 고기와 각종 과일, 곡식이 많았지만 큰동서 허락 없이는 누구도 쌀 한 톨 바깥으로 꺼낼 수가 없었다. 많은 일꾼을 다스리는 모습이 포도대장 같았다고 했다.

동서로부터 심한 시집살이를 당했던 그 시절은 생각하고 싶지 않다고 엄마는 말했다. 고초 만상(苦楚萬狀)보다 매운 시집살이를 열여섯 살에 잘 견디어 낸 엄마가 존경스럽다.

[2-2021]

바나나 나무 대신 레몬 나무

외출을 마치고 집으로 들어서면서 나는 깜짝 놀랐다. 콘도미니엄 코트 야드 안에 서서 창문을 반쯤 가려주던 바나나 나무가 밑동부터 싹둑 잘려있는 게 아닌가. 다음 날은 어이없게 나무의 뿌리까지 정원사들이 파내버렸다.

나무가 무성해져서 좀 자르면 좋겠다고 앞집 사람과 의견을 모으고 어소시에이션에 이메일을 보낸 지 일주일만이다. 이메일을 보낸 두 집은 집을 지은 후 16년 동안 이사를 안 하고 유일하게 남아있는 집이다. 바나나 나무의 나이가 많은 것도 잎이 무성한 것도 안다. 그래도 아예 파내어 버린 건 아니지 싶다.

세상사 내 뜻대로 되지 않는다지만 내 눈앞에서 그 일이 벌어졌다. 영원히 존재하는 건 없다는 걸 알면서도 창가에 숲을 이루어 주던 바나나 나무의 사라짐은 믿을 수가 없다. 정말 속이 많이 상한다.

뒤뜰 정원(courtyard)이 텅 빈 것 같다. 나의 웃음과 한숨도 다 들어주던 바나나 나무였는데. 넓은 잎사귀는 쭉쭉 뻗고 자라서 밑에는 들꽃도 피어 있었는데 마치 나의 보물창고 하나가 털린 기분이다. 싸늘한 공기가 내 가슴속을 휘돌고 그 공기가 또 방안을 휘감아 나간다. 가슴이 싸하다. 한참을 바라보고 서 있었다. 어이가 없다. 힘이 쏙 빠진다.

바나나 나무는 그 자리에 항상 서 있을 줄 알았다. 바람 부는 날은 쓸쓸히 흔들리기도 하고 햇빛이 창문을 기어오르면 황금빛이 반사되기도 했다. 비 오는 날은 후드득 떨어지는 빗방울 소리가 음악 소리 같아 행복하기도 했다. 내 마음을 가장 설레게 한 건 아침이면 참새 한 마리가 날아와 오랫동안 나와 눈 맞춤을 나누는 것이었다. 그 모든 것이 영화의 한 장면 같이 스쳐 지나갔다.

참새들이 우리 동네 처마에 알을 낳고 부화가 끝나면 무리를 지어 하늘 위로 날아다니며 비행 연습을 한다. 비행 연습할 때 보면 하늘을 덮을 정도로 많은 새끼 참새들이 모여 전국체전 매스게임을 하듯 하늘 이쪽저쪽을 유연하게 날아다니다 어느 날 모두 동네를 떠났다. 다음 해에 또 찾아오겠지, 혼자 짝사랑으로 기다리면 어김없이 찾아오곤 했다. 이제는 그 새들이 돌아온다 해도 바나나 나무가 사라진 우리 집 코트 야드를 찾을 수 있을까.

창밖을 내다보니 저만치에 서 있는 레몬 나무 두 그루가 이제야 보인다. 그동안 코트 야드 안에 있었는데도 보이지 않았던 것이 바나나 나무가 떠나간 이제야 보인다. 바나나 나무 대신 레몬 나무로 대신 만족해야겠다.

내게서 없어진 것 아쉬워하지 말고 나에게 주어진 것만으로 소중히 여기고 감사하며 살아가야겠다. 레몬 나무는 향기롭고 꽃도 피니까 벌나비가 찾아와 주면 좋겠다.

[11-2021]

'같이' 가는 우정의 '가치'

가을이 되면 한국 여행에서 책갈피에 끼워온 단풍잎을 보며 생각에 젖는다.

오래전 모국을 방문한 우리 부부를 친구는 한정식 식당으로 안내했다. 정감 어린 초가집 지붕 위에는 호박이 주렁주렁 열려 시골 정취가 물씬 났다.

한정식 4인분이 차려진 상이 그림 같았다. 두 개의 긴 테이블 위에 음식이 일렬종대와 횡대로 빼곡했다. 이렇게 많은 음식을 어떻게 다 만들었으며 무슨 재주로 다 먹을 수 있을까. 상차림도 멋진데 더 놀라운 것은 최고의 맛에 저렴한 가격이다. 믿기지 않았다. 한국은 '음식천국'이라더니 음식이 예술이다. 부인들이 이곳저곳에 삼삼오오 앉아 즐거운 식사 시간을 즐기고 있었다. 미국 촌놈(?)이라서 그랬을까. 부러웠다. 그날은 진정 식당 이름처럼 '좋구먼'이었다.

식사 후 거리로 나왔다. 활기찬 거리의 사람들, 오고 가는 사람들 너머론 가로수가 예쁘게 물들어 가고 있었다. 약간 쌀쌀한 시월의 날씨에 붕어빵을 파는 포장마차가 눈에 띄었다. 뜨거울 때 먹어야 제맛이라며 건네어 주는 붕어빵을 길거리라고 눈치 보지 않고 덥석 받아먹었다.

뜨거운 것이 싫어 겸연쩍어하는 남편에게 붕어빵 파는 아저씨는 "뜨거워야 붕어빵이요. 식으면 시체 빵이죠." 하며 너스레를 떨었다.

친구가 집으로 향하면서 서울의 발전을 설명하는데 10년 만에 모국을 방문한 나로선 금석지감(今昔之感)을 금할 수 없었다. 주상복합에 살면서 누리는 가장 편한 점은 무엇이든 배달 전화 한 통이면 총알 배달이라고 한다. "정말 배달 민족이야." 우리는 함께 웃었다.

집으로 들어가는 입구의 옷가게에 들러서 가벼우면서도 따뜻하고 색깔도 맘에 쏙 드는 회색빛 재킷을 친구가 사주었다. '네가 입으니 예쁘다'면서. 사람의 마음에 온기를 돌게 하는 건 따뜻한 말 한마디가 아닐까. 즐겨 입었던 그 옷은 지금은 잃어버렸지만 아직도 내 마음에선 벗지 않은 따뜻한 우정의 옷이다.

몇 년 후 친구 남편은 한국 근무를 끝내고 미국으로 돌아와 이제는 한동네에 산다. 시장도 같이, 교회도 같이, 등산도 같이, 노년의 삶도 같이 간다. 동고동락한 40년 지기의 '같이'가 우정의 가치를 빛내주고 있다.

바람에 꽃이 지고 가을은 농익어 간다. 가로수 나뭇잎이 갈색으로 옷을 갈아입는다. 우리의 모습도 저러하리니 내 마음에 값진 선물인 친구와 산속 가을을 걷는다. 우정도 가을처럼 아름답다.

[10-2021]

늦가을의 흔적

나에게도 그런 날이 있습니다. 보고 싶으면 무조건 달려가야 하는 그런 날 말입니다. 나이가 들면 무뎌질 줄 알았습니다. 그런데 그렇지가 않습니다. 올해도 비숍의 숲이 그리워 만나러 왔습니다. 나무숲이 너무 그리워 안절부절 딴 일이 손에 잡히질 않았습니다.

늦가을은 정녕 가고 초겨울이 오고 있습니다. 지난해 마지막 남겨진 고운 옷 입은 단풍에게 "내년에도 꼭 다시 찾아올 테니 아름다운 단풍 풍경을 재현해 줘."라고 부탁했는데 정작 12월에 남겨진 나무는 뼈만 앙상히 남았습니다. 바람이 나무를 흔들어대니 나뭇잎이 떨어지기 시작합니다. 남은 잎사귀 몇 개마저 눈앞에서 떨어지고 있습니다. 오 헨리의 '마지막 잎새'가 생각납니다.

단풍은 만나지 못할 거라 생각은 했지만 정작 낙엽이 지고 없는 깊은 가을을 만나니 외로움이 몰려옵니다. 고독이 자기 영혼과의 만남이라면 더 깊은 고독은 절대자와의 만남입니다.

샤브리나레이크로 갔습니다. 나뭇잎은 짙은 갈색으로 변해 초췌하여 눈물이 나려 합니다. 이곳저곳에 겨우 매달린 잎이 적막한 풍경으로 보입니다. 단풍은 떠났어도 호수는 여전히 예쁩니다. 맑은 물속으로 비치는 나뭇가지에서 나의 모습이 보입니다.

사우스레이크, 노스레이크는 예전보다 물이 많이 말랐습니다. 슬프지만 가뭄 끝이니까 당연하다고 생각해야지요. 피골이 상접한 사람을 보는 듯 마음이 조용히 저려옵니다.

컨빅트레이크는 눈 녹은 물이어서 호수의 물빛은 청록색입니다. 계곡으로 흘러가는 물이 내게 말합니다. 거스르지 말고 살라고. 소리 없이 조용히 살아가라고. 지나가는 바람도 내게 말하는 듯합니다. 바람이 불면 광활한 사막의 모래가 무늬를 그려 아름다움을 발산하듯 너도 좋은 영향력을 끼치며 살라고.

마침 눈이 내립니다. 내 품 안으로 달려듭니다. 가슴속 더러움을 씻어줍니다. 깨끗한 나뭇가지 위의 눈이 힐링을 줍니다. 숨이 막힐 듯 떨립니다.

이른 새벽입니다. 여행을 끝내고 돌아갈 집이 있다는 것도 얼마나 감사하고 행복한지요. 해가 뜨니 맞은편 휘트니마운틴에 빨간불이 켜져 장관입니다. 내년에는 조금 더 일찍 와야겠습니다. 빛나는 황금빛 잎사귀는 떨어졌겠지만, 사시나무의 금관을 머리 위에 쓰고 아름다움으로 입맞춤하려 합니다.

나의 비밀 정원, 이곳으로 나는 해마다 오고 싶습니다. 몇 번을 더 올 수 있을지는 모르겠습니다. 깊어가는 겨울에 나도 깊이 있는 사람이 되었으면 좋겠습니다.

[12-2021]

반백 년을 함께

팜스프링, 인디오의 일출이 환하다. 리조트 건너편에는 골프 코스가 있어 사람들의 모습이 보이지만 도시의 외곽지역은 인적이 없어 잠든 도시 같다. 이번 여행은 조용한 시간 속에서 '영혼의 만남'을 기대하며 이곳으로 왔다.

남편과 함께 걸어온 52년이란 길, 비움 속에 새로움을 채워가면서 앞만 보고 걸었다.

세상에 완벽한 사람은 없다. 어떤 모습이든 서로에게는 부정적인 면과 긍정적인 부분이 있다. 그러나 조화와 협력, 사랑과 이해가 부부관계를 지켜나가게 했다.

남편은 잔잔한 바다, 넓은 들녘, 큰 바위 같은 사람이어서 폭풍우를 견딜 수 있게 막아주었고 슬픔도 참을 수 있도록 지켜주었다. 곁에 있어 주었기에 봄에는 새싹 돋는 소리와 새소리도 들었고 예쁜 꽃도 볼 수 있었다. 햇빛 찬란한 여름, 열매 맺는 풍성한 가을, 흰 눈 덮인 추운 겨울도 따뜻하게 느끼며 살았다. 남편의 보살핌을 당연하게 생각했던 지난날. 고마움을 모르고 살았던 날이 미안하다.

우리는 어디까지 달려왔을까. 걸어온 길을 모르고 지나왔듯 앞으로 갈 길도 가늠할 수 없다. 긴 세월 동안 나무처럼 적당한 거리를 두고 살아왔기에 여기까지 온 것이 아닐까. 결혼 생활 동안 우리를 선대하며 응답하신 주님만을 바라보며 걸었다. 하나님이 원하시는 남편과 아내의 본래 모습은 '돕는 배필'로서 서로 돕고 위로하고 용서하며 살라고 했다. 우리를 지으신 그분의 영광을 위해서다. 나이가 들어갈수록 필요한 것은 물질적 부요가 아니라 정신적 부요다. 진정 삶을 사랑하고 살아왔는지 스스로에게 묻는다.

어느덧 하나님이 남편에게 주신 나이도 벌써 여든넷이 된다. 별을 뽐내는 장군도 준장은 별 하나, 소장은 별 둘, 중장은 별 셋, 대장은 별 넷일 뿐인데 남편의 어깨에는 하나님이 달아주신 나이별 여든네 개가 빛나고 있다. 노년을 맞이한 남편에게 오늘이 있으니 내일도 그러리라 믿고 간다. 가슴에는 52년 결혼을 지킨 인내의 훈장이 무지개로 걸려있다. 우리에게 맡기신 일, 봉사로 이룬 삶은 은하수를 이루고 별똥별로 가득했다. 오늘처럼 살아가다 보면 세월이 무심코 우리를 창조주 앞으로 이끄는 날이 있으리라.

예전부터 걸어온 길, 내일을 알 수 없는 미래 속으로 매일 한 뼘씩 보람을 적어가면서 살아가련다. '틀림'이 아니고 '다름'의 관점에서 서로를 이해하는 남은 여정이 되길 간절히 소원한다. 모든 날이 하나님의 은혜가 이끌어 주신 날로 채워지길 바란다.

보이는 집은 영원하지 않다. 반석은 집을 짓기 위한 초석이다. 그 집의 완성은 주님의 몫이다. 주님의 터 믿음의 머릿돌에 세운 천국의 궁전, 그리스도의 집에서 영원히 살고 싶다. 더 높은 곳을 향하여 나아가길 소망한다. 아름다운 곳, 아름다운 도성에 이를 때까지.

흐르는 물처럼 마음도 낮은 곳으로 향해 가면 행복은 늘 우리의 것이다. 행복은 자신이 생각하는 것이지 누가 주는 것은 아니기 때문이다. 세월에 담긴 남편의 모습은 커피 같은 은은한 향내가 난다. 사랑으로 접붙인 두 손 꼭 잡고 떨어지는 낙조를 바라본다. 붉은 해는 빨갛게 장엄하게 긴 여운을 남기며 사라져 간다.

[2-2022]

카톡 한 번에 풀린 오해

날씨가 흐린 초봄이다. 운동 삼아 하는 산책도 게으름을 피우고 나가지 않는다. 보고 싶은 옛 친구 생각이 좀처럼 머릿속을 떠나지 않는다.

몇 년 동안 우정을 나누던 친구가 한국으로 떠난 후 카톡으로만 연락하고 지냈는데 10월에 한국 나가면 만나보고 싶다고 했더니 자기 집에 머물며 회포를 풀자고 했다.

서울 도착 이틀 후 고속버스를 타고 친구를 만나러 동해로 갔다. 8년만에 만남이다. 우리는 손을 마주 잡고 아이처럼 방방 뛰면서 좋아했다. 그녀는 가정폭력을 당한 여성과 아이들을 돕는 사역을 할 때 만난동역자다. 그때 나보다 여섯 살이 적은 그녀가 긍휼의 마음으로 사역에최선을 다하는 모습이 아름다웠다. 친구 집에 도착하여 우리는 거실에이불을 펴고 한 이불을 덮고 밤새 이야기를 나누었다.

새벽에 일찍 잠이 깨어 초록봉으로 등산을 갔다. 산길도 구석구석운동하기에 좋게 잘 만들어져 있었다. 모국의 발전은 인상적이었다.조반은 새우젓 국물을 넣고 끓인 콩나물국밥을 사 먹었다. 독특한 맛의국밥이었다.

친구는 캠퍼스에서 남편을 만나 결혼했다. 신혼 가정에 불행이 닥쳐

오는 데 걸린 시간은 길지 않았다. 남편의 배신과 외도, 그녀는 상처와 혼란의 자리에 더 이상 머물 수 없어 이혼하고 한국을 떠났다. 동남아에서 공부를 더 하고 미국으로 왔지만 해결되지 못한 신분 문제로 25년 만에 미국 생활을 정리하고 다시 한국으로 돌아갔다. 급변한 한국 생활은 그녀가 살기에는 녹록하지 않았다.

순박한 이웃과 어울리며 친정아버지가 계신 시골 가까운 곳에 거처를 정해 살고 있었다. 동네 텃밭을 지나가면 이웃 아주머니들이 제철 채소도 넉넉히 나눠 주어 그것만으로도 먹을거리가 충분하고, 생활비는 교회에서 어린이와 어머니들에게 영어를 가르치며 해결한다. 호사다마라 했는가. 안정을 찾을 만했을 때 건강 검진 결과 유방암이 발견되어 수술하고 교인들의 도움으로 회복하였다.

동해 앞 맑고 깊은 바다는 멋진 풍광이다. 애국가 첫 소절의 추암 촛대 바위를 배경으로 찍은 사진과 북평해암정 마루에 걸터앉아 찍은 사진은 영원히 추억 속에 남겨질 것이다. 점심은 해변 앞 식당에서 대게를 먹었는데 지금 생각해도 침이 흐른다. 동해의 맛난 음식으로 식도락을 즐기고 1박 2일 만에 그녀와 헤어져 서울로 돌아왔다.

그 후 나의 여행 스케줄은 바빴다. 다정했던 옛 친구와 지인을 만나고 그리웠던 고국의 강산을 돌아보고 11월 초 미국으로 돌아왔다.

어느덧 크리스마스가 다가왔다. 카드를 준비하면서 우리가 그간 격조하게 지내고 있음이 생각났다. 나는 올해 말 은퇴 준비를 하느라 바쁘게 지내면서 친구가 연락하겠지 했는데 소식이 없었다. 무슨 일일까. 내가 한국에서 결례한 것 아닐까. 갑자기 걱정이 밀려왔다.

어느 날 늦은 밤에 친구가 카톡을 보내왔다. 헤어진 지 거의 두 달만이다. "잘 지내시죠?" 너무 반가웠다. "어… 어떻게 지내세요?" 나는 반가우면서도 놀랬다.

그녀가 그간 소식을 전하지 못한 이유를 설명했다. 내가 한국을 떠나던 그때 갑자기 몸에 이상이 왔다고 했다. 유방암 재발인가 하고 걱정이 되어 서울로 검진을 다니는데 아직도 계속 더 검사해야 한다고 했다. 나와 함께 즐긴 동해는 안갯속에서 그림을 본 듯 아물거리지만 잊지 못할 추억이 되어 고맙다고 했다.

연락 없는 동안 내가 오해하고 있었다. 별의별 생각을 다 했다. 남편 없는 그녀 앞에 남편과 함께 간 것이 기분을 언짢게 했을까, 솜씨 좋은 사람이라 자기 손으로 밥을 해주려 했는데 사 먹기만 해서 기분이 상했나, 떠나올 때 고마워서 베개 밑에 넣어둔 봉투가 자기의 정성을 무시했다고 생각했을까.

이런저런 생각으로 머리가 복잡했는데 소식을 주어 고마우면서도 한편 오해한 것이 미안했다. 지레짐작하며 만든 나의 소심한 오해가 부끄러웠다. 그녀는 내가 사역하는 동안 만난 사역자 중 몇 안 되는 지혜롭고 아름다운 여인이다. 맑은 목소리로 키보드를 치면서 찬양을 부를 때면 천사가 온 듯 숨죽여 듣곤 했다. 그녀가 빨리 암에서 회복하고 건강한 몸으로 다시 등산을 열심히 다녔으면 좋겠다. 대게를 좋아하던 그녀에게 다음 여행 때 한 번 더 대게를 대접할 수 있길 바란다.

다음 주는 비가 더 많이 오고 추워질 거라고 한다. 겨울이 지나면 봄이 오듯 비 온 후엔 청명한 하늘이 나타나리라. 따뜻하고 화창해지면 산책하고 싶은 마음도 들겠지.

[3-2021]

chapter **4**

선한 벗과의
동행

영화 같은 빗속의 결혼식

금요일 오후에 카톡이 왔다. 친구의 막내아들이 사돈집 뒷마당에서 코로나 방역 지침에 따라 양가 가족만 모여 결혼을 한단다. 그동안 아들이 얼마나 컸는지, 뒤뜰 결혼식은 어떤지 꼭 보라고 하면서 연락을 주었다. 결혼식은 실시간 동영상 시청도 가능하다고 했다.

반가운 소식이다. 우리가 처음 만났을 때 두 살이던 아이가 벌써 장가를 가다니. 가끔 만나서 식사도 나누었는데 이런저런 이유와 코로나로 얼굴 못 본 지가 3년이 지났다. 요즘 한 달간은 카톡도 뜸했다. 결혼 준비로 바빴다고 생각하니 오히려 흐뭇하다. 축하한다고 카톡을 보냈더니 전화가 왔다.

"수고는요. 전도사님께 정말 감사드려요. 언제나 늘 곁에 계시는 느낌으로 살고 있어요. 언제든 달려갈 수 있는 든든한 느낌요."

이야기는 끝이 없었다. 며느리가 착하고 아들한테 잘할 뿐만 아니라 지혜로워서 고맙다고 했다. 신부 어머니도 곱고 사랑이 많으신 분이라 모전여전으로 며느리가 잘 자랐다고 좋아했다. 무엇보다 신앙심이 좋으니 금상첨화란다. "우리 아들이 얼마나 잘 컸는지 내일 동영상을 꼭 보셔요."라며 신신당부를 했다. 근데 내일 비가 온다고 해서 지금 비상이란다. 캐노피도 빌리기는 했다는데 사진이 잘 나와야 하니까 제발 오후 늦게나 비가 오기를 기도하고 있다고 했다.

우리는 긴 세월의 이야기를 한참 동안 나누었다.

27년 전 가정폭력으로 쉘터를 찾아왔던 그 가족을 잊을 수가 없다. '푸른 초장의 집'을 개원하고 얼마 되지 않았을 때 찾아온 클라이언트였다. 그때는 모든 게 미약하던 때라 먹는 것도 넉넉하지 못했다. 그래도 늘 감사하며 아이들을 보석처럼 거두어 오던 젊은 엄마였다.

그녀는 지난 삶의 고난과 절망을 승리로 이끈 믿음의 여인이다. 아픔과 슬픔을 극복하면서 자녀 넷을 혼자서 키웠고 이번에 셋째를 장가보내며 지금의 자리에 훌륭하게 서 있다. 그녀의 내적 영성으로 인해 얼굴은 항상 영적 광채로 빛나고 있다.

누군가가 나를 위해 기도하고 누군가를 위해 내가 기도하는 영적 상호작용은 놀랍다. 기도하는 사람에겐 행복도 감사요, 불행도 감사가 되는 것이리라.

오늘은 새벽부터 보슬비가 내린다. 결혼식 광경은 시종 감동적이었다. 가랑비 속에서 치러지는 결혼식이 아름다웠다. 하얀 숄을 두른 신랑 어머니의 아들을 쳐다보는 눈길은 젖어있었다. 모두가 투명 우산을 쓰고 있는 모습이 낭만적이었다. 신랑 신부는 한 폭의 그림 같았다. 우산 속 양가 어머니도 곱고 신부도 우아하고 신랑은 더욱 우직하고 어른스러우며 인생의 어려운 고비를 잘 넘긴 역사가 엿보였다. 예식 내내 사랑이 넘쳤다. 비가 적당히 내려 더욱 차분하고 경건했다. 영화 속 한 장면같이 영원히 잊히지 않을 것 같은 환상적인 결혼식이었다.

비가 올까 봐 노심초사하던 그녀에게 유튜브를 보면서 사진 캡처한 것을 예식이 끝난 후 카톡으로 보내주었다.

"잘 살 거야. 가뭄에 오는 비가 최고의 축복 아닌가. 메마른 땅을 촉촉하게 적셔 잠든 씨앗을 깨워 만물을 소생시키니까. 축복해요. 사랑해요. 존경해요."

마음속으로 되뇌며 기도로 감사를 담아 보낸다.

[중앙일보, 이 아침에 12-2021]

목련과 함께 피는 친구 생각

하얀 목련이 하늘을 가득 채우고 있다. 올해도 어김없이 우리 집 건너편 길에 목련이 피었다. 잊지 않고 찾아오는 목련에서 순결함을 느낀다.

봄이 되면 봄꽃이 앞다투며 핀다. 개나리와 진달래, 벚꽃과 철쭉, 목련, 유채꽃, 튤립이 흐드러지게 봄의 교향곡을 펼치는데 목련의 아름다움은 그중에서도 손꼽히게 나를 감동하게 한다.

목련은 3월쯤에 꽃이 핀다. 꽃받침 세 편은 긴 타원형이고 꽃잎은 여섯 개로 자목련은 짙은 자주색을 띤다. 꽃잎은 융단처럼 부드러운 것이 수술을 자세히 세어보니 서른 개가 된다. 꽃말이 '고귀함'이듯 우아하다. 바람이 목련꽃 얼굴을 흔들어대도 흔들리지 않는다.

자목련을 보면 그녀가 생각난다. 지금은 각자 노년의 삶을 사느라 일년에 몇 번 못 만나지만 오래전 같이 사역할 때는 10년을 매일 만났다.

안개가 낀 어느 날 그녀 집에 들렀다. 집 앞뜰과 뒤뜰에는 멋진 나무가 많은데 내 눈에는 유독 뒤뜰의 키가 커다란 목련이 눈에 띄었다. 자욱한 안개에 휩싸인 자주색 목련은 신비롭기까지 했다. 무슨 이야기를 품고 있는 듯 자태가 바르고 정결한 모습이 마음에 떨림을 주었다.

친구는 재주가 많다. 특히 수묵화를 잘 그린다. 매화를 그리고 붓글

씨로 '우정'이라고 쓴 부채를 오래전 선물로 받은 적이 있는데 그 부채는 나의 애장품 중 하나다. 두 글자 속에는 둘만의 힘들면서도 즐거웠던 얘기가 수없이 숨어있다.

그녀의 남편은 외국에서 사업을 하며 1년에 두세 번 다니러 오거나 그녀가 만나러 간다. 40년을 변함없이 그렇게 살아가고 있다. 자기가 원하든 원치 않든, 자기에게 주어진 삶을 잘 살아내는 용기 있고 강인한 여성이다. 남편이 미국에 다니러 오면 우리 두 가정은 함께 식사를 나눈다. 내외가 각자의 위치에서 변함없는 사랑으로 가정을 지켜나가는 저력은 어디서 나오는 것인지 대화를 나누면서 의문이 풀어진다. '신뢰' 두 부부는 가장 큰 선물을 나눠 가졌다. 그녀는 상대방에게는 부드러우면서도 자신은 철저히 관리하는 외유내강이다.

자목련 같아 봄의 향기처럼 기억되는 그녀, 어떤 사람은 날마다 만나도 타인이고 어떤 사람은 일 년에 한두 번 만나도 마음속에 늘 자리하고 있다. 그녀가 그렇다. 살아가면서 만나는 좋은 인연이야말로 가장 큰 선물이 아닐까. 나도 누군가에게 죽어서도 잊히지 않는 사람이 되었으면 좋겠다. 사람이 수고하는 가운데 심령으로 낙을 누리게 하신 하나님께 감사하며 살아가는(전도서 2:24) 그녀다. 그녀의 가슴속 깊은 곳의 은혜가 나에게는 석양의 낙조처럼 비친다. 나는 낙조가 일출보다 더 아름답게 느껴진다.

그녀가 목련이 있던 집을 팔고 딴 동네로 이사를 한 뒤로 지금은 고고한 자태의 자목련은 보지 못한다. 하지만 그녀의 집에 피던 목련은 늘 내 마음에서 신비롭고 고운 자태로 피어난다.

[중앙일보. 이 아침에 4-2020]

신앙의 선배

내가 신앙생활을 처음 시작할 때 사모님을 만난 것은 하나님의 은혜였다. 세상과 타협하지 않는 그분의 굳건한 신앙은 나로 하여금 참으로 소중한 것을 깨닫게 해 주셨다. E사모님을 생각하면 지금도 숙연해진다. 나를 올바른 신앙의 길로 인도해 주시고 경건한 예배를 알게 하신 분, 그분과의 만남은 내 인생에서 축복이었다.

세월이 지난 후 가정폭력 피해자를 위한 사역을 시작하면서 피해자들에게 복음을 전해야겠다는 사명감이 내 마음에 불붙듯 타올랐는데 그 영향을 사모님으로부터 받은 것 같다. 교회에 처음 나온 나에게 성경 공부를 안내하시고, 심방을 데리고 다니면서 사회의 그늘진 곳에 봉사하는 모습을 보여주신 것은 아직도 내 맘에 살아있다. 하나님은 내 삶의 길에 최고의 멘토를 만나게 하신 것이다.

사모님을 만나게 된 시기는 남편의 직장을 따라 오렌지카운티로 이사 오고 셋째를 출산한 후다. 그때 J를 알게 되었고 그녀가 나를 교회로 인도했다. 그 당시 나는 아파트 매니저 일을 하고 있었는데 처음 간 교회에서 C도 알게 되었다. 마침 교회에서 부흥회가 있어 헌팅턴비치에 사는 C를 며칠간 픽업하면서 우리 셋은 믿음으로 뭉쳐져 매일 만나

기도하는 사이가 되었다. 새벽기도, 철야기도, 금식기도를 사모님과 같이하면서 전도에 뜨거운 마음이 불붙는 듯했다.

심방을 다니면서 힘든 가정, 고통받는 가정을 만나게 되어 마음이 매우 아팠다. 몸이 연약하신 M집사님은 간병 일과 또 다른 일을 병행하면서 홀로 아이 셋을 키우고 있었다. 간병인 일로 밤에 환자의 집에서 자야 했기에 아이들은 일주일에 한 번 집에 오는 엄마를 기다리며 지냈다. 또 다른 가정은 팔순을 넘긴 할머니 혼자 사는 가정이었다. 다른 한 가정은 남편의 술주정과 폭력으로 아내가 누워있던 가정이었다.

심방을 마치고 집으로 돌아오면 나는 너무나 가슴이 아팠다. 저들을 돕고 싶은데 그 당시에는 교회를 나가지 않는 남편 때문에 마음이 복잡했다.

아이들과 노인들을 도울 방법을 생각했다. 작은 일이지만 음식이라도 해다 주면 좋을 것 같았다. 마켓에 가면 우리 먹을 것의 두 배로 식재료를 사서 어린아이들에겐 장조림과 콩자반, 고령의 할머니껜 무나물과 녹두죽, 또 다른 가정에는 두부조림, 어묵볶음, 각종 나물을 만들어 가지고 갔다.

사모님과 함께 심방을 다니며 돌보던 그 아이들이 지금은 성장하여 비뇨기과 의사, 목사, 선교사, 목사 사모로 사역하고, 사업가도 있고 신학교 교수도 있다. 하나님이 그들의 삶을 인도해 주셨다.

예배는 우리가 살아가는 목적이며 전도는 반드시 해야 할 우리의 의무다. 좋으신 하나님은 내 안에서 나를 양육하기를 멈추신 적이 없다.

사모님께서 만날 때마다 주신 은혜의 말씀은 '범사에 그를 인정하라 그리하면 네 길을 지도하시리라'(잠언 3:6)는 말씀과 '먼저 그의 나라와 그의 의를 구하라. 그리하면 이 모든 것을 너희에게 더하시리라'(마태복음 6:33)는 말씀이었다.

많은 세월이 흘렀다. 사모님은 연세가 많아 지금은 기도원에서 생활하고 계신다. 그분은 지금도 때를 얻든지 못 얻든지 복음을 증거하고 계신다. 나를 올바른 신앙의 길로 인도하신 사모님을 사랑하고 존경한다. 그분을 통해 알게 된 주의 은혜가 내 삶에 차고 넘침을 고백한다.

오늘도 가슴 뛰는 삶을 위하여 예수 그리스도를 품는다. 멈추고 생각한다. 그리고 다시 출발한다. 영원은 미래에 있는 것이 아니고 영적 현재 진행형이다.

'많은 사람을 옳은 데로 돌아오게 한 자는 별과 같이 영원토록 빛나리라.'(다니엘 12:3)

[11-2016]

아름다운 여인

학대받는 여성 보호소(Home On the Green Pastures)의 원장으로 사역하는 동안 수많은 사람을 만났다. 그중 몇 사람은 내 마음에 깊은 감동으로 남아있다.

그녀는 인생에 성공한 사람이다. 속이 맑고 깊고 가슴이 따뜻하며 순수한 여인이다. 품격을 갖춘 분이다. 폭풍우를 수차례 이겨낸 분이어서일까, 언제나 용기를 잃지 않으며 흐르는 눈물 사이로도 미소를 보이신다.

따뜻한 그분을 만나면 가슴이 훈훈해진다. 나뭇잎 위에 영롱한 이슬인 듯 촉촉해진다. 소녀처럼 웃음도 곱다. 생각 속에서 떠오르면 포근한 미소가 입가에 절로 흐른다.

그분은 고상하다. 강인함과 부드러움, 정직함과 선함, 여성스러움과 용기, 베풂과 연민이 원래 하나였던 것처럼 배어있다. 시를 쓰고 그림을 그리고 합창을 하고 무용을 하고 사진을 찍으니 삶에서 만나는 골목골목마다 도전이 넘치고 향기가 피어난다.

그분은 아름답다. 마음이 넉넉하다. 착하다. 지혜롭다. 가치 있는 삶이 어떤 것인가를 보여준다. 사람의 가치는 물질이나 학력, 지식, 교양만으로 저울질할 수 없다. 하나님의 사랑을 실천하는 사람이니 사랑의 화신이다.

장로님이 천국으로 이사를 떠나고 무척이나 슬퍼하며 그리워하던 권사님. 슬픈 표정마저 예쁜 분이시다.

마음이 안갯속 같은 날, 그 속에 들어가 말없이 손잡아 주는 그런 친구가 되고 싶다. 멀리 있어 자주 만나진 못해도 믿음을 나누는 소중한 친구로 남고 싶다.

그녀는 아주 먼 훗날에도 잊을 수 없는 아름다운 이름으로 내 가슴에 남을 것이다.

[3-2020]

끝나지 않은 우리의 동행

"저의 언니가 어제저녁에 조용하게 주님 품으로 갔어요. 고통 없는 곳에서 편안히 쉴 거예요. 안식할 곳을 예비하신 주님께 감사드립니다. 그동안 기도해 주신 전도사님께도 감사합니다."

눈물 담긴 카톡이 왔다. 동생으로 지내는 HS다.

하늘나라로 떠난 HS의 친언니는 목사의 아내로 인생의 희로애락을 안으로 감추고 살아온 분이다. 슬픈 마음을 어찌 위로해야 할지 가슴이 저려 나는 가느다란 탄식과 함께 눈시울이 뜨거워졌다. 그나마 위로가 되는 것은 얼마 전 크리스마스 때, 가족과 함께 행복한 시간을 보내고 있다는 카톡을 받아본 것이다.

그동안 사모님은 주님 앞에 서야 할 날을 준비하며 잔잔하게 삶을 가다듬고 있었다. 그녀가 암으로 고생한다는 이야기에 나도 그녀를 위해 기도 중이었다. HS는 몇 달 동안 고통 가운데 있는 언니를 돌보러 매일 한 시간 이상을 운전하고 오갔다. 언니가 너무 오래 아프지 않기를, 주님 품에 안기는 그날까지 평안한 마음을 누릴 수 있도록, 나에게도 기도 부탁을 했다.

그 길은 혼자 가는 길, 그러나 주님 함께 하시면 고독하지 않고 외롭지 않은 길, 결국 주님을 믿는 믿음이 지켜주는 길, 그 믿음 하나로 매일 영원을 향해 출발하게 된다. '주 안에서 잠든 자는 복되도다. 복되도다.' 주님의 이름으로 창조주 아버지 앞에 감사와 영광과 경배와 찬송을 드렸다.

이 땅의 모든 것을 두고 떠나지만 하늘나라 천국은 우리가 상상할 수도 없고 비교할 수도 없는 아름다운 것으로 가득하리라. 아픔이 없는 곳, 눈물과 슬픔이 없는 그곳에서 찬양하며 기뻐할 사모님의 모습을 그려본다. 한 번은 떠나야 하는 길이다. 보낼 때는 가슴이 찢어질 듯 아픈 것이 인지상정이지만 소망이 있는 이별이니 얼마나 다행인가.

자연을 유난히 사랑했던 사모님은 세상이라는 꽃밭에서 나비를 쫓아 구름 따라, 꽃향기를 맡으며 맘껏 행복해했다고 HS는 얘기했다. 많은 사람 중 동생 HS를 가족이라는 길손으로 만나 안개가 춤을 추며 날아가던 봄날도, 여름의 끝자락 가랑비 내리던 그 날도, 가을이 나뭇잎 끝에 달려 애처로워 보이던 그날도, 바람이 밀어내지 못하는 구름처럼 Mt. High 눈 내린 산길로, Wright Wood 숲길로, Grassy Hollow Park의 꽃길로, 동생의 손을 잡고 힘겹지만 원하는 만큼 걸었던 그 길. 희망이 희미해 보이는 동행의 마지막 행보였다. 소망이 소용없을 것 같아 보여도 절망하지 않고 행동으로 옮긴 산길 나들이는 사모님의 마지막 힐링이 아니었을까.

마지막 가을 하늘 아래서 힘든 숨을 몰아쉬며 뒤돌아보던 날, 어느덧 겨울 어느 끝자락으로 다가섰다. 겨울바람이 속삭였겠지. 이젠 소풍을 끝내고 집으로 돌아가자. 눈물도 고통도 아픔도 없는 내 아버지의 집으로 가자고. 오늘은 본향에서 주의 품에 안겨 편히 쉬고 계실까.

노을 진 석양을 바라보며 동생 HS에게 먼 훗날 꽃길보다 더 아름다운 그곳에서 다시 만날 날을 기약하라면서 다음과 같이 카톡을 보냈다.

"수고했어요, 언니. 섬기는 모습을 보면서 나도 많이 감동하고, 고마워하면서 지치지 않게 해 달라고 기도했어요. 하루를 멀다 하고 한 시간 이상씩 걸리는 곳을 매일 찾아가는 모습이 안타까웠어요. 정말 끝까지 잘 보살펴 드렸어요. 아름다운 추억으로 기억하며 천국의 진주 문 앞에서 다시 만나는 날까지 용기와 소망을 가지고 가요. 우리도 그 길을 걸어가고 있는 중이니까요."

주의 나타나심을 사모하는 그녀에게 거룩한 말씀 몇 구절과 '기쁘게 살집'을 노래한 찬송 한 절을 적어 보냈다.

'거기서… 거기서… 입니다.' 간절한 후렴에 포르테(f)의 음부호를 찍어서.

'내가 선한 싸움을 싸우고 나의 달려갈 길을 마치고 믿음을 지켰으니 이제 후로는 나를 위하여 의의 면류관이 예비 되었으므로 주 곧 의로우신 재판장이 그날에 내게 주실 것이니 내게만 아니라 주의 나타나심을 사모하는 모든 자에게니라.' (디모데후서 4:7-8)

보라, 즐거운 우리 집/ 밝고도 거룩한 천국에/ 거룩한 백성들 거기서 / 영원히 영광에 살겠네/ 거기서 거기서 기쁘고/ 즐거운 집에서/ 거기서 거기서 거기서 주님과/ 영원히 살겠네. 〈찬송가 235〉

[1-2021]

내 영혼 평안해

동이 터오는 하늘빛과 새벽이슬이 내 가슴을 황홀하게 만든다. 하나님의 창조 섭리, 능력, 지혜에 거룩한 전율을 느낀다. 하나님은 찬양을 받으심이 합당하다. 그분을 찬양하며 나의 존재 의미를 더욱 새롭게 느낀다. 보이지 않는 하나님을 섬기고 그분을 기쁘시게 하기 위해 목표를 향해 달려간다. 나의 창조주, 구원의 하나님. 주님을 예배하는 영광스러운 나. 그 은혜의 단비가 이 아침에도 내 영혼을 촉촉이 적셔준다.

성경은 꽃을 보듯, 새가 지저귀듯 나의 마음속을 온갖 아름답고 청아한 자연의 세계로 인도해 준다. 한 줄기 맑고 신선한 시냇물이 되어 나를 정결케 하고 마르지 않는 샘물이 되어 나의 영혼에 생수의 강을 흐르게 한다. 그 안에 두 팔 벌리고 서 계시는 나의 주, 나의 예수님. 내 삶에 가장 고귀하고 소중하신 분. 순전하고 깨끗한 나드의 향기로 기쁨이 되시고 날마다 새롭게 꿈을 꾸게 하는 신랑! 연약하고 지쳐있는 자들에게 소망으로, 선물로 다가오시는 분. 커피 향처럼 나를 끌어당기시는 분.

주님! 경배합니다. 주님! 찬양합니다. 주님! 사랑합니다.

'돌이켜 어린아이들과 같이 되지 아니하면 결단코 천국에 들어가지

못하리라'(마태복음 18:3)

　산다는 것만큼 소중한 것이 있을까. 살아 있다는 것만큼 큰 가능성을 품고 있는 것은 없다. 오늘 내가 살아있다는 것이 기적이고 축복이다. 날마다 부르고 싶은 노래가 있다는 것, 눈을 들어 사방을 바라보라. 누가 이 천지를 지으셨는가. 땅에 발을 딛고 마음은 그의 나라에 두고 나에게 주어진 모든 것이 하나님의 최선임을 깨닫는 것도 기적이다.

　오직 주님만이 나의 반석이시오
　구원이시오
　요새시니
　내가 흔들리지 아니하리라.

　삶은 겉으로 보는 것과 다르다. 내 눈에 평평해 보이던 지구가 알고 보니 공 모양이라는 것도, 태양이 하늘에서 회전한다고 믿었지만 정작 돌고 있는 것은 지구라는 사실도 그렇다. 차라리 모르는 것을 자랑하자. 타는 모닥불같이 나를 태워 그리스도께 드리도록 하자. 모두를 주님께 드려야 한다. 나의 최고의 행복은 주님을 예배함에 있다. 하나님을 나눔이 언제나 기쁨이다. 하나님과 그의 나라를 누리지 못한다면 영적 가난뱅이가 될 뿐이다.

　나의 전부, 나의 전체는 언제나 나를 가까이하시고 내 안에서 나를 기다려 주시는 생명의 주, 예수 그리스도께 드려야 한다. 어느 날, 한 줌의 흙이 되고 재가 되어 바람 타고 흩날릴 것을.

[4-2022]

빈자리로 남은 이별

올해 봄은 내게 잔인했다. 누군가와의 이별도 익숙하지 않지만 사별은 더 힘들다. 친혈육 같은 친구의 남편이 암 수술한 지 한 달 후 응급실로 실려 갔다. 수술 중 심폐소생술을 세 번이나 했지만 혼수상태가 되었다. 우리는 모두 충격에 빠졌다.

저녁에 전화벨 소리가 불안하게 울렸다.

"방금 남편이 하늘나라로 떠났….."

애간장이 끊어지는 목소리였다. 응급실로 간 지 닷새만이다.

코로나로 가족 외엔 병문안조차 할 수 없었지만 병원으로 달려갔다. 침대 위에 평온한 얼굴로 누워계신 집사님, 왜 여기에 누워있단 말인가. 일어나 우리를 맞이해야지. 눈물이 쏟아졌다. 남편과 나는 그의 손을 붙잡고 그동안 고마웠다고, 사랑했다고, 많이도 말했지만 집사님은 대답이 없었다. 우리는 집사님과 마지막 작별을 했다. 보내기 싫은, 아니 보낼 수 없는 마음이 자욱한 안개 속을 헤매고 있었다.

말수 적은 남편에게 아우나 다름없던 집사님은 수술 후에 전화로 계속 통증을 호소했다. 얼마나 아프면 하나님께 매달려 기도하며 전화했을까. 우리도 집사님이 아프지 않길, 평안한 마음을 누릴 수 있기를,

매일 간절히 기도했다.

수술하기 전 집사님이 일주일에 두 번이나 아무 연락도 없이 우리 집에 왔다. 그것이 마지막 방문이었다. 코로나 때문에 들어오란 말도 못 했는데, 이렇게 빨리 떠나실 줄 어찌 알았겠는가. 집으로 들여 차 한잔 대접하지 못한 것이 이렇게 후회가 되다니.

집사님의 서재에는 '경천애인'이라고 쓴 액자가 있다. 하나님을 경외하며 사람을 사랑하신 집사님. 누군가는 그를 그리워했고 그도 누군가를 그리워했다. 담소를 나누면 하나님을 사랑하고 두려워하는 마음이 느껴졌다.

정적이면서도 지적인 집사님은 노인부터 어린아이까지 모두를 감싸는, 품이 넓은 분이셨다. 모두에게 정을 주고 추억을 남기고 가신 분, 가슴이 따뜻했던 그분은 아름다운 삶을 사셨다. 사랑하는 아내와 자녀들, 좋아하던 벗들과 많은 추억을 남겨두고 떠났다.

1983년 내가 전도사로 사역하던 교회에서 교우로 만난 후 두 집 다 세 아이의 학년이 같아서 빨리 가까워졌다. 아이들이 친하게 지내면서 더욱 든든하게 묶어졌다. 우리의 인연은 형제자매나 다름없었다. 함께 밴을 타고 떠났던 열흘간의 옐로스톤 여행은 영원히 잊지 못할 추억과 행복을 남겨주었다.

솔뱅으로, 데스 밸리로, 산타바바라로, 빅베어로, 팜스프링으로, 샌디에이고로… 그 많은 여행길 위 추억을 어찌 잊을까. 결혼기념 여행으로 갔던 독일에서 선물로 사다준 에스프레소 커피잔 두 개는 지금도 진열장 속에서 나를 물끄러미 바라보고 있다.

이젠 차를 타고 가도 더 이상 우리 옆에 앉아있지 않겠지. 번개 미팅을 하자고 갑자기 걸어오던 새벽 전화도 없겠지. 큰 소리로 역사 얘기를 들려주던 쩌렁쩌렁한 목소리도 들을 수 없겠지… 이런 모든 생각이 슬픔으로 변해 가슴을 누른다.

너무 갑작스러운 일이어서 우리는 아직도 떠나보낼 준비가 되지 않았는데 그 길을 영영 혼자 떠났다. 가족 모두 주님이 이끌어 주시는 힘으로, 용기를 잃지 말고 믿음으로 견디며 살아가길 간절히 기도한다.

그리움 하나 안고 살아갈 언니 숙이에게 오늘 봉안당에 같이 가자고 전화해야겠다. 안개꽃이 좋을까. 인간은 잠깐 보이다가 없어지는 안개와 같다 했는가. 안개꽃은 하늘의 수많은 별처럼 피어올라 아름답기도 하다. 봉안당에 가면 다시 만날 날을 기다리겠다고 그리움의 말을 남기고 와야겠다.

[중앙일보, 이 아침에 6-2021]

가정폭력이 남긴 상흔(1)

피터스 캐년 산에서 하이킹하는 중에 전화가 울렸다. 쉘터를 떠난 후에도 가끔 만나 점심을 나누는 S자매다. 안부를 나누기도 전에 "대문 앞에 팥죽을 두고 갑니다." 하고는 전화를 끊는다. 집으로 돌아와 보자기를 열어보니 팥죽과 군고구마 그리고 파김치, 곶감을 두고 갔다. 동짓날에 팥죽을 나누어 먹지 못해 조금 가져왔다는 쪽지도 남겼다.

S자매는 어느 여름날 쉘터에 왔다. 가정폭력을 당하며 살고 있던 중 생각지 못한 임신으로 우울증까지 찾아왔다. 배 속의 아기를 어떻게 출산하며 앞으로 살길을 고민하다 마지막 희망으로 우리 기관에 전화한 것이었다.

그녀는 20대에 미국으로 유학을 와서 친구의 소개로 지금의 남편을 만나 결혼했다. 결혼 초부터 상상조차 해 본 적 없는 남편의 의처증으로 폭력을 당했다.

남편은 그녀를 의자에 묶어놓고 골프채로 때렸다. 목을 조르기도 했다. 불안과 공포 속에서 이대로 죽어야 하는가, 공포에 떨며 살아가던 어느 날 드디어 사건이 터졌다. 남편이 던진 칼이 머리를 비켜서 유리창을 깨고 나간 것이었다. 놀라서 지른 비명에 이웃집에서 경찰에 신고

해 법정으로 가게 됐다. 재판 중 취하하라는 시댁의 협박을 받고 결국 고소를 취하했다.

그녀에게 가장 두려운 것은 경제적으로 혼자 살아갈 능력이 없는 것과, 도망 가면 죽이겠다는 남편의 협박, 다른 사람들에게 받을 수치심을 감당하는 것이었다. 계속되는 폭력에 더는 견딜 수가 없어 쉘터로 도움의 전화를 했다.

그 긴 세월 동안 악몽과 불면으로 지새운 밤이 얼마나 무지했는지, 교육을 통해서 깨달았다며 울었다. 상담을 받으면서 잃어버렸던 자아를 찾기 시작했고 자신도 사랑받았던 사람이었고 아직도 사랑받기에 충분하다는 생각으로 점점 회복되기 시작했다. 부족하고 능력 없는 자신이 아닌, 능력을 마음껏 발휘할 수 있던 유능했던 자신을 되찾으려 노력했다

그녀는 쉘터에 온 지 4개월 후 딸을 출산했고 혼자 키울 아이에 대한 책임감이 도전과 용기, 그리고 살아갈 이유와 목적이 되었다. 1년간 거주할 수 있는 제2차 거주지를 찾아서 다른 쉘터로 가게 되면서 푸른 초장의 집에 온 지 11개월 후 떠났다. 그곳에서 직장을 다니며 삶의 어려운 순간을 헤쳐나가고 있는 자매님을 만나보니 불안감과 슬픔에 차 있던 모습이 어느덧 희미해져 가고 있었다. 하나님의 선하심과 보호하심이 느껴졌다.

그때 낳은 딸이 올해로 벌써 스물두 살이 되어 대학을 다니면서 파트타임으로 일하며 생활을 돕는다. 이전보다는 상황이 나아졌지만, 여전히 오래된 자동차를 바꿀 형편은 못 된다. 그래도 그녀는 폭력을 벗어난 것만도 다행으로 생각하고 감사하며 살아가고 있다.

이해할 수도 없고 용납할 수도 없는 일이 피해 여성의 가정에서 일어난다. 상상할 수 없을 정도의 무서운 폭력이다. 피해 여성과 아이들을 폭력 가정에서 구출해 주어야 한다는 정의감에 그때는 참 열심히 일했다.

다음날 S자매를 만났다. 얘기를 나누는 동안 마음이 아려왔다. 아직도 몸에 밴 기억은 잊히지 않는다고 한다. 어쩌다 그때의 생각이 떠오르면 가슴앓이를 한다고도 했다. 몸의 일부가 되어 화인으로 새겨진 상처는 몸이 사라지지 않는 한 소멸하지 않을 것 같다고도 했다.

어제 가져온 팥죽은 마음을 다해 준비해온 귀한 선물이다. 가치를 따질 수가 없다. 없는 가운데서 나누는 자매의 사랑이 마음에 울림이 되어 가슴에 스며든다. 아련하다.

[중앙일보, 이 아침에 6-2022]

가정폭력이 남긴 상흔(2)

따뜻한 햇살이 내리쪼이는 오후였다. 갑자기 누군가 우리 집 정문을 쾅쾅 두드린다. 무슨 일이지? 또 부서져라 두드린다.

오수를 즐기던 남편이 놀라서 벌떡 일어났다. 문을 여니 두 집 건너에 사는 네 살짜리 여자아이가 신발도 신지 않은 채 얼굴이 하얗게 질려 울고 서 있다. 눈물, 콧물이 범벅이 된 채 "엄마가 죽었어요(My mom died)."라고 하지 않는가.

"아니 뭐라고?" 엄마가 어디 있느냐고 물어도 계속 엄마가 죽었다고만 한다. 놀란 나는 911에 신고하고 아이를 안고 그 집으로 갔다.

차고 문이 열려있다. 아이가 열고 나왔겠지 생각하면서 집 안으로 들어가는 문을 열려고 하는데 아이 엄마가 나온다. 우린 서로 놀랐다. 아이가 말한 상황을 설명했는데 엄마는 경악하며 손으로 입을 가린 채 아이를 와락 끌어안았다.

아이가 아래층에서 잠이 들었기에 엄마와 큰딸은 3층으로 올라가 있었는데 이런 일이 벌어진 것이란다. 이야기 도중 경찰서에서 전화가 와서 괜찮다고 자세한 상황을 설명했는데도 조사하러 온다고 했다. 아이 엄마가 별일 없으니 천만다행이었지만 그 집 엄마도 황당해 어쩔

줄 몰라 했다. 경찰이 두 번이나 찾아와서 그녀를 조사했고 나도 인터뷰를 두 번이나 했다.

자세한 상황을 알고 보니 아이가 자다가 깨어났는데 엄마가 눈에 안 보이고 불러도 대답이 없어 죽었다고 생각이 되어 겁이 나고 무서워서 우리 집으로 달려온 것이다. 그 집 남편은 그 시간에 일을 가고 없었는데도 나는 그 순간 남편을 의심했다. '학대받는 여성 보호소'에서의 경험 때문에 자라 보고 놀란 가슴 솥뚜껑 보고 놀란 것이었다.

오래전 사건이 오버랩되었다.

여성보호소에서 일하던 16년 전 어느 날이었다. 병원 소셜워커가 다섯 살짜리 남자아이와 엄마를 데리고 왔다. 아이는 아빠가 엄마를 폭행하는 광경을 문 뒤에 서서 모두 보았다. 그런 사실을 모른 아빠는 태연히 아이를 유치원에 데려다주었다. 아빠가 유치원을 떠나자 아이가 교사에게 "My mom died"라고 말했다. 경찰이 그 집으로 달려가 기절해 있는 엄마를 앰뷸런스에 싣고 병원으로 갔다. 남편은 당연히 직장에서 체포됐고 엄마와 아이는 가야 할 곳을 찾다가 우리 쉘터로 왔다.

이 경험 때문에 하마터면 착한 이웃집 남편을 가정폭력 가해자로 오해할 뻔했다. 늦은 오후에 경찰이 다시 와서 그 댁 남편을 조사하고 수사를 종결했지만 놀란 가슴은 오후 늦게까지 쿵쾅거렸다.

그 집 부부는 우리만 보면 미안하다고 인사를 한다. 팬데믹 중에도 강아지 두 마리와 딸 둘을 데리고 하루 두 번씩 산책하는 아름다운 가정이다. 아이들은 차고 앞에서 공놀이를 하는 행복한 가정이다.

아이를 키우면서 가슴이 철렁 내려앉는 일을 가끔 당하지만 그래도 어린아이가 헐레벌떡 뛰어와 상상할 수 없는 힘으로 문을 두드리며 이

웃에게 도움을 청하다니 참 영특하기만 하다. 네 살짜리 여자아이가
어디서 그런 힘이 나와 문을 두드렸는지 나는 지금 생각해도 기특하다.
아무튼 불행한 일이 없었으니 다행이었지만 두 집 사람들이 가슴을 쓸
어내린 반나절의 소동이었다.

[중앙일보, 이 아침에 8-2021]

가정폭력이 남긴 상흔(3)

언제부터인가 나의 가치관은 변하고 우선순위가 바뀌었다. 시간 활용이 달라지면서 일상이 변화되었다.

예수님을 만난 후 나의 삶이 변했다. 주중에는 의사 사무실에서 풀타임 일을 했고 주말에는 교회에서 청년부와 어린이 전도사로 사역하였다. '복음은 거저 받았으니 거저 주라'는 말씀을 생각하고 교회 사역으로 인한 사례비는 어느 교회에서도 일절 받지 않았다.

내가 일하던 의사 사무실의 닥터 여는 '오렌지카운티 가정상담소'에서 부이사장으로 일했다. 그분이 쉘터의 분과위원장을 맡아 봉사하는 모습을 보면서 그때부터 가정폭력에 관심을 가지게 되었다.

닥터 여는 가정주치의다. 방문하는 환자 중에 가정폭력으로 몸에 상처가 나거나 몸이 아파 회사에 휴가서(leave of absent)를 제출해야 하는 폭력피해자들을 알고 있었다. 닥터 여는 한인가정상담소를 떠나온 어느 날 가정폭력피해자를 도울 쉘터를 설립하자고 하며 주위의 크리스천 여성 12명을 초대했다. 그리하여 1993년 이사회가 구성되고 '푸른 초장의 집'이 설립되었다.

'푸른 초장의 집' 직원과 이사 중 몇 명은 가정폭력 훈련(Domestic

violence certificate)을 받았다. 나는 가정폭력 사역에 동참하게 되면서 학대받는 여성과 그들의 자녀에게 더욱 관심을 가지게 되었고 총무이사로서 '푸른 초장의 집'(Home On the Green Pastures)에서 사역이 시작됐다.

이때만 해도 가정폭력은 쉬쉬하는 가정사로 생각하던 시절이었다. 폭력을 당해도 신고하는 사람이 없었다. 가정폭력 사역은 한인 사회에서는 파이오니어(Pioneer)였다. 불모지를 개척하려면 교육을 철저하게 받아야 한다는 생각에 여성 전환기 생활센터인(Womens Transitional Living Center)와 로라의 집(Lauras House)으로 가서 4주간 교육을 받았다.

처음 쉘터를 개원하기 위해 중앙일보와 한국일보, 기독교방송에 홍보했더니 전화가 폭주했다. 숨죽이며 지내왔던 폭력피해 한인 여성들이 기다렸다는 듯이 쉘터로 찾아왔다. 그들을 수용할 시설이 충분하지 않았던 우리는 정원 외 사람들은 미국 쉘터로 보낼 수밖에 없었다. 다른 쉘터로 보내어진 한인 여성들은 우리가 가서 교육과 상담을 통역해 주고 여러 가지를 도와주었다.

그곳으로 입주한 가정 중에는 아들이 아빠에게 연락하여 소재지를 들켜 쫓겨나는 불행한 일도 있었다. 어떤 가정은 미국 쉘터로 연결시켜 주었으나 추적하는 남편에 의해 소재지가 탄로 나기도 했다. 쉘터에서 쫓겨난 후 라스베이거스로 끌려가는 도중에 남편의 총에 맞아 사망한 케이스가 신문에 크게 보도되기도 했다.

가해자는 피해자를 집요하게 추적하여 폭력뿐 아니라 살인에 이르게도 하기 때문에 쉘터에 와 있는 동안은 연락할 수 없도록 한다. 규칙을

정하고 철저하게 교육하는데도 불행한 일은 종종 발생하였다.

가해자는 폭력 가정에서 자랐거나 폭력을 당하고 자란 경우가 많다. 분노를 조절하는 법을 배우지 못해 자신과 세상을 향해 분노로 가득한 사람이다. 누구를 향한 미움의 층이 높아져 분노를 표출하는 자들. 가해자 자신은 인지하지 못하지만 가슴속은 상처가 가득하다. 옐로스톤(Yellow Stone)의 간헐천처럼 증오가 언제 분출될지 모르는 용암을 안고 산다.

일반 사회에서는 결코 이해할 수 없고 용납할 수도 없는 일이 피해 여성의 가정에서 일어난다. 그들의 가정은 일반인이 생각하는 따뜻한 가족의 쉼터가 아니라 불행한 일이 되풀이되는 장소다. 미국에서 정의하는 폭력은 동양적 도덕과 관습에 익숙한 한국 사람들에게는 조금 의아한 부분도 있고 폭력의 기준이 우리의 기준과도 달라서 억울하다고 토로하는 경우도 있다. 그러나 우리가 미국에 사는 한 미국법의 기준을 넘어갈 수는 없다.

미국에서는 폭력의 의미가 넓다. 뺨을 때리는 것뿐 아니라 팔목을 꽉 잡아도 폭력이다. 일체의 신체적 접촉이 폭력으로 인정되기 때문에 아무리 화가 나도 신체적 접촉은 말아야 한다. 가정에서 기르는 애완견에게 폭력을 가하면 피해자에 대한 감정의 표현을 간접적으로 표현한 것으로 간주한다.

한국 여성들은 가정폭력을 잘 신고하지 않는다. 설혹 신고하여 재판이 시작돼도 재판 중에 취하하기도 한다. 여러 가지 이유가 있지만 제일 큰 고민은 경제적으로 혼자 살아갈 능력이 없어 불안하고, 시댁의 압력도 견디기 힘들며, 친척과 친구에게 그런 모습을 보이는 자체를 수치스럽다고 생각하기 때문이다.

그들을 보호해야 할 의무 뒤에 밝혀야 할 진실도 많다. 생과 사의 갈림길에 선 사람들이 선택한 길을 상담자로서 책임 있게 인도해 주어야 한다고 믿었기에 나는 최선을 다해 그들을 도왔다.

쉘터에서 만난 수많은 여인, 그들이 겪은 삶은 상담자가 되기 전에는 결코 알 수 없었던 세계였다. 매일 매일의 다른 종류의 사건을 통해 세상을 다시 읽었다. 고통과 눈물, 절망과 분노, 인내가 점철된 삶을. 폭력은 반드시 신고해야 한다. 피해 여성과 아이들을 폭력 가정에서 구출해야 한다. 오늘 내가 있는 이곳과 오늘 내 옆에 있는 사람들의 삶이 안전하기를 간절히 빌어본다.

[2-2016]

가정폭력이 남긴 상흔 (4)

햇살이 따사롭다. 포근한 바람이 어디선가 꽃향기를 실어온다. 연초
록 봄이 창밖 가로수 위로 아기 숨결처럼 퍼지면 J자매님이 그립다.

서로 바쁘다는 이유로 자주 못 만나던 자매님이지만 오늘은 이유 막
론하고 만나자고 전화를 걸었다. 그녀는 오래전에 여성 쉘터에서 만나
지금까지 인연이 이어졌다. 성품이 우윳빛처럼 온화한 그녀는 피부색
도 하얗고 잡티 하나 없다. 무슨 선물을 준비할까 생각하다 튤립으로
정했다. 유화 여러 점이 진열된 그녀의 사무실에 두면 잘 어울릴 것
같아서였다.

J는 몇 달 전부터 코비드 팬데믹으로 집에 있는 시간이 많아지자 취미
와 소일 삼아 그림을 그리기에 도전했다. 모두 성경에 기초한 영성 넘치
는 작품이다. 작품이 완성될 때마다 사진을 찍어 보내주었는데 벌써 마
흔일곱 번째 작품을 카톡으로 받았다. 미술을 전공하지 않았지만 스스
로 달란트를 발견했고 딸의 격려에 힘입어 나이 쉰에 그리기 시작했다.

며칠이 지나 내가 선물로 가지고 갔던 튤립이 카톡을 타고 활짝 핀
사진으로 돌아왔다. 세 송이가 모두 예쁘게 피었다면서 행복한 웃음소
리가 사진 사이로 흘러나오는 듯했다. 그녀가 그토록 튤립을 좋아하다

니. 노랑, 빨강이 섞인 혼합색이 더욱 예쁘단다.

J는 초혼에 실패하고 딸 하나를 데리고 미국으로 건너와 재혼했지만 결혼 생활은 폭풍우보다 더 거세었다. 초혼과 재혼의 실패는 견디기 힘든 고통이었다. 모진 운명의 폭풍도 그녀의 영혼 속의 불꽃만은 끌 수가 없었다. 세찬 풍랑에도 바다가 비에 젖지 않듯, 산 위의 바위가 요동하지 않듯 굳건히 견디어 낸 강하고 담대한 여인이다.

그녀는 작년 크리스마스에 유화 중 한 폭을 나에게 선물했다. 숲을 그리고 야고보서 4:14절 말씀을 한글과 영어로 적어 넣었다. '내일 일을 너희가 알지 못하는 도다. 너희 생명이 무엇이뇨. 너희는 잠깐 보이다가 없어지는 안개니라.' 그렇다. 날마다 무심히 밟는 흙과 먼지가 빈부귀천의 몸을 떠나 모두 흙과 먼지와 안개가 되는 인생이다. 그리고 나도 언젠가 그 길을 간다. 흙으로 만든 우리가 흙으로 돌아가듯 생기를 불어넣어 생령이 된 우리의 영혼은 반드시 영이신 하나님께로 돌아간다.

귀한 여인이 준 선물. 나의 존재를 깊이 생각하게 만든 의미 있는 선물이다. 만날 때마다 신앙심 깊은 J의 온유하고 겸손한 모습에 과거의 불행했던 그림자는 한 가닥도 찾을 수 없다. 놀라운 은혜, 놀라운 축복의 광채가 그녀의 내면을 꽉 채워 얼굴에 미소를 번지게 했다. 더도 말고 덜도 말고 지금처럼만 행복했으면 좋겠다는 J자매의 소원을 하나님께서 이루어 주시기를 소망한다.

만날 때마다 '내가 있고 네가 있어 행복하다.'고 생각하는 우리가 진정한 우정을 나누고 있는 게 아닌가 싶다.

[5-2021]

chapter 5

입맛과 보람

- 음식 테마에세이

앞치마에 담긴 보람

-음식 테마에세이 (1)

막내딸이 게 요리 한 가지는 꼭 전수해 달라고 한다. 게 요리는 오래전 우리 집에서 잠깐 함께 살았던 월남 처녀 투이와 마이 자매에게서 배운 프랑스 요리다.

만드는 과정이 복잡하고 손도 많이 가서 집안 모임이나 VIP 손님이 오시면 내놓는 특별 음식이다. 나이가 들어가니 게를 다듬는 것이 힘이 들어서 요즘엔 가뭄에 콩 나듯 해 먹게 된다. 딸이 그 맛을 잊지 못해 배우고 싶어 하는 것 같다.

딸아. 잘 기억해 두어라. 내가 이 땅을 떠난 후 언니 오빠와 함께 부모를 기억하는 음식이 되길 바란다.

1. 금방 잡아 올린 살아 있는 게를 산다. (10마리 정도)
2. 게를 뒤집어 배 쪽을 칼로 찔러 쪼개고(남자의 도움이 필요) 뚜껑을 따서 알을 그릇에 받아놓고 게는 칫솔로 깨끗이 닦은 후 네 토막으로 자른다. 이 일이 힘들다.
3. 물기가 빠지도록 소쿠리에 건져놓는다.
4. 옥수수기름을 팟에 넉넉히 붓고 중간 불로 가열하여 물기 뺀 게를

넣고 튀긴다.

5. 익었다고 생각될 때 기름이 빠지도록 소쿠리에 건져놓는다. (너무 익히면 살이 뻣뻣해진다).

6. 받아놓은 게 알에 소금 1/2 티스푼, 설탕은 3 테이블 스푼 정도 넣고 섞어둔다. (입맛에 맞게)

7. 마늘을 30알 정도 다져서 준비한다.

8. 튀김용 팟에 버터를 1 스틱 넣고 녹인 후 마늘을 넣고 볶다가 양념한 6번 게 알도 넣고 더 볶는다. 이때 후춧가루 1 티스푼을 넣는다.

9. 여기에 튀겨놓은 게를 넣고 양념이 골고루 묻도록 잘 뒤적이며 볶는다.

10. 흰색 그릇에 예쁘게 담아내면 빨간 게 튀김이 매우 근사하다.

요리를 만드느라 부엌에 서 있는 엄마의 모습과 가르침은 자녀들 삶에 큰 영향력을 미친다고 생각한다. 결혼 생활의 행복과 보람은 음식에 있다고 믿고 살았다. 정성 들인 음식이 건강의 비결이라 생각되며 열심히 만들어 먹었다.

지금은 시대가 급변하여 저녁상 한 번이라도 가족이 다 모여 먹기가 힘든 세상이다. 가정의 포근함과 사랑을 맛볼 수 있는 기쁨의 산실이 가족의 밥상인 것을 자손들이 잊지 않길 바란다. '밥상'은 가족들이 화목을 배워가는 '책상'이다. 인내와 노력 없이는 얻어지는 것이 없다는 것을 기억하면 고맙겠다. 모든 사람이 요리에 취미와 재능과 관심이 있는 것은 아니니 그것도 서로 이해하며 살아가야 한단다.

이번 기회에 게 요리를 막내딸과 손녀에게 전수해 주려 한다. 20년 전 딸에게 콩나물무침을 가르친 적이 있다. 콩나물 삶는 법과 무치는 방법을 보여주고 그대로 해보라고 했다. 쫑쫑 썬 파를 주무르면 끈적거리니까 마지막에 넣으라고 했는데 처음부터 넣고 무치는 게 아닌가. 그건 아니라고 다소 언짢게 말을 했다.

"엄마 실수하게 해 줘. 그래야 무엇이 잘못돼서 그렇게 하면 안 되는지 알 수 있잖아."라는 딸의 부탁이 당시에는 말대꾸처럼 들렸지만, 딸에게서 큰 것을 배웠다. 그 말은 살아가는 동안 누가 어떤 잘못을 하든지 판단하지 않고 참고 기다려 주게 되었다.

45년 전 배운 게 요리를 이번에는 내가 딸에게 가르치려 한다. 딸을 통해 나에게는 또 어떤 배움이 생길지 벌써부터 궁금하다.

[3-2022]

무, 반찬의 제왕
-음식 테마에세이 (2)

가을 하늘 아래 찬바람이 등에 업힌다. 손도 시리다. 이런 날은 따뜻한 국 한 그릇에 김치 한 가지면 된다. 가을이 왔음을 알려주는 듯 마켓의 진열대에 포동포동 살이 찐 무가 풍성하다. 가을무는 보약 중 보약이요. 기침과 위장병에도 특효약에 가깝다고 한다.

시집와서 시어머님께서는 김치 담그는 법과 무로 만드는 여러 가지 반찬을 많이 가르쳐 주셨다. 김치를 담그면서 무의 진가를 알게 되었다. 어머님은 나에게는 음식의 '대가'시다.

무나물은 어느덧 나도 즐겨 먹는 반찬이 되었다. 수분이 많고 소화가 잘되므로 노인들이 선호하는 반찬 중 하나다. 무를 채친 후 집 간장이나 액젓으로 간하여 냄비에 참기름과 마늘을 넣고 무를 볶으면 무나물이 된다. 싱거우면 소금을 조금 넣는다. 마지막에 파를 넣고 깨소금을 뿌리면 훌륭하다. 아주 하얗게 볶을 때는 무와 양파를 채쳐서 소금에 절였다가 살짝 짠 후 볶는다. 싱거우면 맛소금을 조금 더 뿌리면 된다. 사실은 아무것도 넣지 않아도 맛나다.

무생채는 소금으로 절인 후 살짝 짜서 고춧가루로 색을 입히고 식초, 설탕을 넣고 새콤달콤하게 간을 한 후 파, 마늘, 깨소금으로 마무리를 하면 아이들도 좋아한다.

　무 된장찌개의 깊은 맛은 또 어디다 비기랴. 무를 사각 썰고 차돌박이랑 참기름으로 달달 볶다가 멸치와 다시마 우린 물에 두부, 호박, 대파, 마늘, 고추를 넣고 한소끔 끓인 후 된장과 고춧가루 쪼끔 넣고 끓이면 최고의 맛이다.

　소고기 뭇국은 친정아버지께서 즐겨 드시던 국이다. 많이 끓일 때는 양지머리 한 덩어리와 아롱사태 한 덩어리를 통째 넣고, 덩치 큰 무 두 개도 통째 넣고, 다시마 큰 것 두 장, 집간장을 조금 넣고 한 시간 끓인다. 무를 먼저 건져서 먹기 좋게 도톰하게 썰어놓고 고기도 건져서 먹기 좋은 크기로 썰어놓는다. 상에 올리기 전에 식구 수만큼 국물을 냄비에 떠서 따로 담아 썰어놓은 고기와 무를 냄비에 넣고 간이 싱거우면 집간장으로 간을 더 하고 마지막에 대파를 썰어 넣는다. 은근한 국 맛은 아픈 몸도 고치는 보약에 비긴다.

　나도 아버지의 DNA를 받아서일까? 뭇국이 정말 좋다.

　소고기 뭇국도 쉽게 끓이는 방법을 요즘은 나도 즐겨한다. 안심 고기를 썰어서 참기름, 마늘, 집간장을 넣고 볶아둔다. 물을 넉넉히 붓고 거기에 다시마 한 조각, 양파 반 개를 넣고 끓인다. 다시마와 양파는 건져내고 국간장으로 간을 한 후 무를 사각으로 조금 도톰하게 썰어 넣고, 끓으면 먹기 전에 파를 넣는다. 간단한 방법이지만 맛은 결코 간단하지 않다. 이렇게 해도 깊은 맛이 있다.

　무조림도 참 좋은 밑반찬이다. 무를 도톰하게 반으로 잘라 반달 모양으로 썬 후 진간장, 설탕, 고춧가루, 매실청, 미림, 마늘, 후춧가루로 양념장을 만든 후 대파를 넣고 물을 조금 넣고 졸인다. 마지막에 참기름 한 술 넣으면 된다. 어느 때 먹어도 무와 양념의 조화는 바로 미각의 조화다.

무 몇 개로 짠지 무를 담근다. 무를 유리 김치 병(1 gallon)에 넣고 거기에 맹물을 부은 후 도로 냄비에 따라낸다. 따라낸 물에 소금 한 컵을 넣고 끓인 후 식혀서 붓는다. 며칠 지난 후 병에 든 물을 냄비에 쏟아 한 번 더 끓여 식혀서 붓는다. 한 달 정도부터 먹는다. 여름 내내 좋은 밑반찬이 된다. 채를 쳐서 물에 씻어 짠맛을 빼고 보자기로 꼭 짜서 고춧가루, 참기름, 깨소금, 후추, 마늘을 넣고 무쳐서 마지막에 파를 썰어 넣고 무치면 무짠지가 된다. 또 다른 맛의 하나는 짠지 무를 나박나박 썰어서 물을 넣고 식초를 조금 넣어 파를 띄워도 맛이 깔끔하다. 무를 간장, 설탕 조금, 식초 조금을 섞어 유리 용기나 병에 담가 놓았다가 열흘 후부터 채를 쳐 꼭 짜서 오이지 무치듯 각종 양념으로 무쳐 김과 싸 먹으면 맛이 두 배로 좋다. 여행 중에 꼬마김밥처럼 싸서 운전자 입속에 쏙 넣어주면 인기가 백 점이다.

무 세 개쯤은 무말랭이도 만든다. 손가락 반 정도 굵기로 썰어서 소쿠리에 담아 햇빛에 바짝 말려 봉투에 제습제 두어 개를 같이 넣어 공기 잘 통하는 곳에 둔다. 먹을 때 물에 약간 불려서 꼭 짜고 고춧가루, 참기름, 설탕, 진간장, 미림, 마늘, 깨소금을 넣고 무친 후 파를 넣고 무쳐서 먹는다. 고춧잎 말린 것(말린 것은 물에 불려 뜨거운 물에 데쳐)과 섞어서 무친다. 무말랭이무침은 사계절 내내 먹을 수 있는 풍부한 영양 식품이라 이 기회에 만들어 두면 밑반찬 하나가 추가된다.

요즘 젊은이들 사이에는 쌈무가 인기라는데 무에 맛소금을 약간 섞고 비트나 겨자 색깔을 입혀 고기를 쌈 싸서 먹기도 한다. 여기까지 오고 보니 무는 반찬의 제왕인 것 같다.

결혼 초 시어머님이 가르쳐준 무 하나로 만든 음식이 열 가지도 넘는다. 무 하나로 열 가지 반찬을 만드시는 어머님은 음식의 대가요 백과사전이었다. 오늘은 무전을 지져 먹고 싶어진다. 자애롭고 인자하신 어머님을 그리워하면서.

[10-2021]

어떻게 이런 맛이

-음식 테마에세이 (3)

뽀얗고 하얀 무가 초록색 치마를 입고 야채부에 누워있다. 싱싱하고 튼튼하게 잘생긴 모습에 눈길이 머문다. 반듯한 게 양반집 도련님 같다. 피부까지 곱다. 유혹하는 무를 그냥 지나치지 못해 집으로 데리고 왔다. 그것도 한 박스씩이나.

보약이나 진배없는 가을무는 아삭아삭한 맛과 시원하고 달콤한 맛이 다른 요리 재료와도 잘 어울린다. 무는 소화 촉진과 강장에 효과적이고 해독과 가래를 없애주는 작용까지 있어 감기 예방에 도움을 준다고 외할아버지는 늘 말씀하셨다. 무의 풍부한 수분과 비타민 C는 기침을 멎게 하는 작용을 해서 기침이 나오는 이때쯤이면 나도 무를 깍둑 썰어 꿀에 재워 마시곤 한다.

오늘은 동치미를 담그기로 마음먹었다. 가을무는 수분이 많아 동치미를 담기에 좋다.

옛어른들의 동치미를 만드는 전통은 무를 자르지 않고 통째로 소금에 굴려서 몇 시간 절였다가 큰 김칫독에 넣고 절인 무 위에 절인 무청과 절인 청각을 올리고 배 보자기 속에 삭힌 고추, 생강, 마늘, 파뿌리, 대추를 넣어서 단지에 담는다. 그 깊은 맛은 흉내 낼 수가 없다.

그러나 요즘은 번거로운 옛 방식보다는 간편한 방식으로 자주 담가 먹는다. 약지손가락 크기로 썰어 소금을 넣고 절인 후, 절일 때 생긴 물은 양념 재료를 믹서에 갈 때 사용한다. 여기에 액젓을 조금 섞는다. 씨를 뺀 빨강, 초록 청양고추와 실파는 썰어놓는다. 양념물도 만든다. 배, 양파, 마늘, 생강, 밥, 무 절인 물을 붓고 믹서에 간 후 베보자기로 꼭 짠 후 건더기는 버리고 국물만 쓴다. 굵은 소금에 절여 놓은 무에 양념물을 붓고 싱거우면 소금으로 간을 맞춘 후 충분히 물을 부어 동치미 국물을 만든다. 썰어놓은 실파, 고추를 넣는다. 실내에 두었다가 요즘 같은 겨울은 3일 후 먹으면 "어떻게 이런 맛이" 하며 감탄하게 된다. 탄산수같이 속이 뚫리고 특유의 냄새가 일품인 동치미를 만들어 나눠 먹기도 한다.

낡은 일기장 속에 있던 김치 담그기 실패담 한 소절이 생각난다. 시집와서 처음으로 나박김치를 담갔다. 배운 대로 하면 될 줄 알았는데 소금을 넣지 않고 담갔으니. 김치를 통째 음식 분쇄기에다 버리고 말았다. 남편이 "시어머님 아시면 쫓겨날 일입니다." 하던 말이 머릿속을 한동안 맴돌아 부끄러웠다. 세월이 흐르면서 점점 실력이 늘어났다. 생굴 두 알을 다져 넣고 담근 깍두기가 맛있다고 친정아버님께 칭찬받은 일은 지금도 잊을 수가 없다.

이런저런 이야기를 적어 놓은 옛날 일기장을 열어보면 김치를 만들다 실수한 이야기가 많아 나도 몰래 빙그레 웃음 짓는다.

[1-2022]

너무 예쁜 너, 무
-음식 테마에세이 (4)

하얗고 갸름한 네가 예쁘다. 통통한 너도 예쁘다. 못생긴 너도 예쁘다. 모두 예쁘다. 근데 예쁜 너에게 내가 왜 이러니? 너를 왜 칼로 다스리느냐고.

하얀 몸이 단단하다. 빛깔이 깨끗하다.

너무 예뻐 그냥 둘 수가 없다. 목욕을 시키고 도마 위에 눕힌다.

주사위 크기로 자른다. 아프다고 소리쳐도 소용없다. 온몸에 소금을 뿌린다.

빨간 고춧가루도 눈가루 폭풍처럼 뿌린다. 쓰리고 맵고 아플 것 같아 짜디짠 새우젓, 매운 마늘, 씁쓸한 생강, 파, 설탕도 뿌린다.

아! 고통이다.

너는 깍두기.

반으로 자른다. 그것도 부족하여 소금을 온몸에 뿌린다.

너는 눈이 아프고 몸이 가려워 죽을 둥 살 둥.

미안하다. 병에 넣고 눌러 담는다.

소금물을 붓는다. 너는 염전에 빠져 고통스럽구나.

찌그러지다 못해 색깔이 누렇게 변한다.

한 달 뒤에 만나자.

너는 짠지 무.

칼로 나박나박 썬다.

홀로 외로울 것 같아 배추 친구 불러들인다.

입도 벙긋 못하게 소금을 살살 뿌려 살짝 절인다.

배, 미나리, 실파, 마늘, 생강, 고춧가루, 빨간 고추 얇게 저며 동무 시킨다.

새우젓 국물로 간하고 자작하게 국물을 붓는다.

너는 나박김치.

하얗고 깨끗하고 갸름하고 동글하고 뚱뚱하고 보름달 같은 너 목욕 부터 시킨다.

도마 위로 올린다. 굵게 채를 친다. 많이 아프겠다.

며칠을 햇볕 아래서 일광욕으로 쪼그라든다. 아, 울고 또 우는 너.

이젠 아주 몸이 꼬인다. 몸 색깔도 누렇게 변했다.

너는 무말랭이.

[중앙일보 10-2017]

나박김치, 깍두기, 총각김치, 섞박지
-음식 테마에세이 (5)

미국에서는 특별히 김장철이 없다. 이곳 농장의 총각무가 싱싱한 날은 김칫거리를 잔뜩 산다. 각종 김치를 담가 김치냉장고에 넣어두게되니 요즘이 나에겐 김장철이다. 한국 마켓에서는 한국의 가을배추와 제주 무를 공수해 와서 판다.

나도 무 한 박스와 배추 몇 포기, 총각무와 파도 한 박스씩 샀다. 좋은 재료가 값이 좋으면 보고 그냥 지나갈 수가 없다. 여러 가지 김치를 담그다 보니 옛날 시집왔을 때 생각이 난다.

시어머님은 1965년에 파라과이로 이민 가셨다가 67년도에 미국으로 오셨다. 어머님은 커피와 토스트를 좋아하셨지만 그런 미국 음식은 밥과 김치와는 비길 수가 없다고 하셨다. 1970년에 내가 미국으로 시집을 왔는데 시댁은 보름에 한 번 김장하듯 각종 김치를 박스로 담갔다. 새벽시장에서 배추 거리를 사 오시곤 했다. 그때 배운 김치 담그기는 내 삶의 많은 부분에 도움이 되었다.

나박김치는 무와 배추를 나박나박 썰어 소금에 살짝 절이고 홍고추와 청양고추, 마늘, 생강, 새우젓, 고춧가루를 믹서에 갈아 체에 밭쳐 국물만 쓴다. 국물에 소금과 매실청 조금으로 간을 하고 쪽파, 채 친 마늘을 넣고 담그면 고유의 감칠맛이 나서 어릴 적에 먹던 잊을 수 없는 맛이 되살아난다. 어릴 때 나의 친할머니께서도 식구들이 머리가 아프다고 하면 나박김치 국물 한 대접을 마시게 했다. 소화가 안 되어도 나박김치 국물 한 대접이면 끝났다. 친할머니의 손은 약손이요 나박김치는 두통과 소화에 명약이었다.

깍두기도 담근다. 무는 깨끗이 씻어 바둑알 모양보다 크고 도톰하게 썰고 고춧가루로 빨갛게 빛깔을 낸 후 소금과 설탕(사카린)으로 절이고 말린 통고추(한국에서 가져온)를 불린 후 양파와 빨강 피망, 마늘, 생강, 새우젓, 무절인 물을 붓고 갈아서 소금, 고춧가루를 조금 더 넣고 무에 버무린다. 마지막에 파를 크게 몇 줌 썰어 넣는다. 이틀 후쯤 아주 맛난 깍두기가 된다.

나는 시어머님으로부터 깍두기 담그는 법을 배우면 집으로 돌아가는 길에 시장에 들러 김치 재료를 사곤 했다. 저녁에 김치를 담가서 다음 날 아침 시댁으로 가지고 갔는데 '아가 내 손에서 미원이 나오는구나.'라고 칭찬해 주시던 어머니는 선생님과 같이 인자하셨다.

총각김치를 담근다. 총각무 머리 쪽 끝은 칼로 깨끗하게 손질하고 크기에 따라 반으로 자르고 절인 후 씻어서 물기를 뺀다. 총각무 절이는 동안 양념을 만든다. 빨간 고추, 새우젓, 마늘, 생강, 찬밥을 믹서에 갈아서 버무린 후 황석어(조기 새끼)를 넣고 파를 넣고 담근다. 초등학교 때 내 짝꿍은 알타리무로 담근 총각김치를 도시락 반찬으로 자주 싸 왔다. 친구가 싸 오던 총각김치 생각에 빠질 때가 있다. 친구 할머니의 총각김치는 특미 중 특미였다. 어찌나 맛이 좋았던지 지금도 잊지 못한다.

섞박지도 담근다. 배추와 무를 굵게 어슷하게 썰어 고춧가루로 색을 입히고 소금과 액젓으로 버무려 담근다. 마늘, 생강, 새우젓, 고춧가루, 매실청, 밥 한 숟갈 넣고 믹서에 갈아서 섞박지 절여 놓은 것에 넣어 버무린 후 쪽파를 썰어 넣고 한 이틀 익히면 된다. 섞박지를 젓가락에 끼워 빙빙 돌려가며 깨물어 먹고는 행복해하던 아이들이 생각난다.

시집온 후 각종 김치를 시어머님한테서 배웠다. 나도 시어머니의 김치 맛과 같은 김치를 만들고 싶은데 어찌 따라갈 수 있겠는가. 손맛은 각각 다를 터이니…. 어머님의 김치 맛을 떠올리는 것은 곧 어머님에 대한 그리움이라는 남편의 말에 동감한다. 김치 담그는 일을 언제까지 할 수 있을지 모르지만, 여태까지는 즐겨 담가 먹는다.

아무것도 못 하던 나에게 무슨 음식이든지 자세히 가르쳐 주시던 인자하신 어머니, 칭찬은 고래도 춤추게 한다고 했듯이 늘 칭찬하시며 용기를 주시던 어머니, 김치를 담글 때면 음식의 백과사전 같으신 친절한 어머님이 더욱 그립다.

[1-2022]

변하는 입맛, 안 변하는 입맛

-음식 테마에세이 (6)

이른 아침부터 장대비가 창문을 두드린다. 매일 습관처럼 오는 파네라 브레드(Panera Bread)지만, 오늘처럼 이렇게 비가 오는 날은 운치가 있어 좋다. 창밖의 우산 쓴 여인들이 바람에 날리는 치마를 붙들고 걸어가는 모습이 영화 속의 한 장면 같다.

양식을 좋아하는 남편의 아침은 보리빵 속에 아보카도, 토마토, 시금치, 치즈, 계란 흰자를 넣은 아보카도 에그 화이트 샌드위치(Avocado Egg White Sandwich)와 커피 한 잔이다. 그는 16년을 변함없이 이곳 파네라 브레드에서만 먹는다. 매일 똑같은 샌드위치를 먹는 그의 입맛이 신기하다는 생각도 들지만, 설명을 들으면 이해가 안 되는 것도 아니다.

오트밀이 붙어있는 빵은 맛이 고소하고 매일 같은 양을 먹으니 칼로리 조절도 되어 살찔 염려가 없다고 했다. 더 좋은 점은 같은 시간에 먹으니 약 먹는 시간도 규칙적으로 정해져서란다. 무엇보다 맛이 만점이라고. 빵 속에 든 재료의 조합이 그의 미각을 사로잡았다고 한다.

반대로 나는 아직도 양식보다는 한식을 좋아하고 싱거운 것보다는 조금 간간한 것을 더 선호한다. 어릴 적부터 싱겁게 먹으면 맥박이 떨어져 기운이 없었다. 속도 메슥거리고 소화도 잘 안 된다. 간간하게 먹으면 소화도 잘되고 기운도 나기에 나는 아직도 짭조름한 한국 음식을 좋아한다.

며칠 전 사돈이 염장 대구를 보내주셨다. 쌀뜨물에 담갔다가 각종 양념을 얹어 대구찜을 해 먹으니 옛날 기억이 떠오른다.

나는 어릴 적부터 할머니와 함께 겸상을 할 수 있었다. 아무도 못 누리는 그 특권은 딸이 귀한 집안이어서 가능했다고 생각된다. 특별히 나를 예뻐해 주시던 할머니도 짭짤한 음식을 좋아하셔서 마른 대구를 쭉쭉 찢어서 고추장에 찍어 잡수셨다. 어린 나에게는 참기름에 찍어 내 숟갈 위에 올려주셨다. 대구찜도 자주 밥상에 올라왔다. 그렇게 먹다 보니 염장 대구는 좋아하는 음식이 되었고 대구알을 넣고 끓인 찌개도 좋아하는 음식 중 하나가 되었다.

한식 밥상은 물리고 나면 디저트로는 구수한 숭늉이 제격이다. 고향을 생각나게 하는 맛이다. 70년을 넘게 먹었는데도 아직도 숭늉의 구수한 맛은 변함없이 좋다. 나는 쌀뜨물에 말린 누룽지를 조금 넣고 숭늉을 끓인다. 숭늉은 사람 사는 냄새가 묻어있어서 좋다.

그런데 요즘 들어 나도 자주 식후에 커피를 찾는다. 한국 식성에서 미국 식성으로 바뀌어 가는 게 아닌지 모르겠다. 반백 년을 함께 산 남편의 식성을 나도 모르게 닮아 가는 것 같기도 하다. 미국에서 오십 년을 넘겨 살면서 나도 영락없는 미국 사람이 되어버린 걸까.

[1-2022]

chapter 6

감사와 우정

튤립을 키우며

"잘 길러보세요" 친구가 튤립을 가지고 왔다. 내가 화초 가꾸는 것을 좋아하니 가져왔나 보다. 그녀를 만나고 나면 보슬비를 맞은 상추처럼 마음이 싱싱해진다. 섬세하게 챙겨주는 친구다. 좋은 것을 나누는 마음 고운 친구다.

유리 화병 흙 속에 뿌리를 내린 튤립의 자태가 함초롬하다. 어디에 놓을까 한참을 생각하다 현관문 옆 하얀 벤치 위로 정했다. 이곳은 공기가 잘 통하고 직사광선이 없는 곳이다. 자리를 잡고 보니 모습이 꼭 소공녀 같다.

친구와 나는 몇 년 전 각자의 기도 제목을 가지고 기도원에 다녀왔다. 바쁜 일상에서 부대끼는 생각을 정리해보길 원했다. 한 주간을 함께 보내며 말 한마디에 담긴 무게감과 말수를 줄여도 오해하지 않는 그런 사이가 진실한 친구인 것을 깨닫게 되었다. 말과 소음의 차이도 알게 되었다. 생각 없이 불쑥 하는 한마디의 말이 삶에 얼마나 중요한 영향을 미치는지, '말'은 '마음의 소리'라고 하지 않는가. 『팡세』의 저자 블레즈 파스칼의 '인간의 존엄성은 사유의 능력에 기인한다.'라는 말처럼 생각을 올바르게 하여 본래 인간의 존엄성을 잃지 않아야 한다는 것을 생각했다. 이상적 삶과 현재의 삶이 얼마나 다른가를 다시 한번 깨달았다. '지혜'는 인간관계에 큰 영향을 준다. 나에게만 집중하던 눈으로 남도 보게 되고 나만 아프게 느껴지던 마음에 남의 아픔이 느껴져 모두가 귀하다는 걸 비로소 깨달았다. 이렇게 열린 마음으로 인생을 살아간다면 삶이 아름답지 않을 수가 있을까.

기도원을 다녀온 후 우리는 더욱 진솔한 친구로 지낸다. 서로 지켜야 할 예의를 갖추니 40년 세월 동안 변함이 없다. 가까이에 살고 있어서 맛난 음식 만들면 나눠 먹고 집안의 좋은 일 어려운 일도 의논하며 친자매 같은 사랑을 나눈다. 피 한 방울 섞이지 않아도 오랜 세월 예수 안에서 진실한 사이가 되니 감사하다. 형제자매라도 먼 곳에 살면 자주 보기 힘든데 가까이에 살아 자주 만나니 고맙다.

애지중지 키운 지 며칠 만에 튤립이 봉오리를 피워 올렸다. 생명의 신비를 보니 가슴이 뛴다. 종 모양의 꽃은 수줍은 듯 파스텔 분홍색을 띠었다. 그 꽃이 기특하여 현관문을 열고 내다보기도 한다. 집을 들락날락하며 활짝 웃는 튤립과 눈인사도 나눈다. 봄기운이 교향곡처럼 울려 퍼지는 날에 마지막 한 송이까지 귀족처럼 우아하게 피어올랐다.

꽃잎이 다 떨어진 뒤에도 튤립은 여섯 개의 수술과 초록색을 띤 암술 두 개가 남아있다. 한동안 오뚝하게 서 있어 꽃이 떨어져도 진 것 같지 않은 여운을 준다. 짙은 연두색의 넓은 잎사귀도 그 자리에 남아 떠나지 않으니 사랑을 떠올려도 성급하다고 하지는 못할 것이다. 그냥 볼 때는 '예쁜 꽃' 정도로만 생각했는데 알고 보니 색깔마다 꽃말이 다 달랐다. 흰색, 분홍색, 자주색, 노란색, 혼합된 것 등 다양한 색깔 따라.

분홍 꽃이 이야기꾼이 되어 말한다. 우정을 나누라고 꽃말도 '사랑의 시작'이라고 한다. 친구가 의미를 생각하고 꽃을 고른 것일까.

    요즘 꽃을 선물할 기회가 되면 내 눈이 자주 튤립으로 향한다. 올 시월에는 잊지 말고 튤립 구근을 사서 심어야겠다. 유리병 속에 심고 물을 줄 때마다 우리의 삶도 예쁜 꽃처럼 피어나길 소원해야지.

[중앙일보, 이 아침에 5-2022]

멈추니 알게 된 감사

전 세계적으로 코로나의 바람이 세차게 분다. 사회적 거리두기로 가슴이 시린데 날씨까지 왜 이리도 스산한지 모르겠다. 집안에 갇혀 답답함과 고립감을 느끼니 누군가에게 버려진 듯한 마음이 느껴진다. 낙엽마저 이리저리 굴러다니다 도로 벽에 수북이 쌓여 을씨년스럽다.

가족 외엔 모이지 말라는 국가 명령이 내린 2020년도 추수감사절이다. 당연히 법을 지켜야 하지만 이런 상황은 난생처음이라 황당했다. 추수감사절은 해마다 막내딸 집에 모여 터키를 굽고 양가 20명 넘게 모여 즐거운 시간을 보내곤 했다.

막내딸은 추수감사절 음식을 기쁨으로 만들어 해마다 양가 부모와 형제자매 때론 손님들까지 합류시켜 대접한다. 맛난 음식을 두 접시씩 비워내던 손자들의 바쁜 발걸음 소리와 웃음소리가 귀에 들리는 것 같다. 손녀의 예쁜 모습과 환한 미소가 한결같던 사돈댁 모습이 떠오른다.

올해는 가까이 사는 큰딸네와 감사절 저녁을 먹기로 했는데 큰손자가 감사절을 보내러 집으로 왔다고 한다. 대학 생활 중이라 아파트에 친구들과 룸메이트가 많으니 병균을 묻혀 올까 봐 아무래도 할머니,

할아버지는 조심해야 할 것 같다고 우리 집으로 큰딸이 음식을 배달해 주었다.

노인 둘이 마주 앉아 창밖을 내다본다. 소리 없이 지나가는 쓸쓸한 감사절 만찬이 깊은 외로움과 슬픔마저 느끼게 한다. 미아가 된 듯하다. 멈춤. 코로나로 인한 생활의 묶임이 신체적, 정신적 건강에 고통을 준다. 모두가 함께 모일 수 있었던 지난 시간이 얼마나 소중한 축복이었는지 새삼 깨닫는다.

문득 추수감사절 에피소드가 떠올라 웃는다. 40년 전 이야기다.

남편 회사는 해마다 직원들에게 20파운드나 되는 터키를 선물로 주었다. 터키는 한국에서는 본 적이 없는 식재료인 데다 닭보다 몇 배나 커서 징그러웠다. 그뿐만 아니라 어떻게 요리하는지조차 몰라 해마다 옆집에 주곤 했다.

큰딸이 초등학교에서 추수감사절 음식에 관한 질문을 받고 "엄마, 터키는 어떤 맛이야?" 하고 묻기에 그때서야 처음으로 요리책을 찾아 터키를 구워보았다. 터키를 회사에서 선물로 받기 시작하고 처음이었다. 남편과 나는 닭을 싫어한다. 우리 생각만 하고 터키 맛을 진작 맛보게 해주지 못한 장장 10년의 어리석은 그 시절의 무지몽매함이 지금 생각해도 아이들에게 미안하다.

올해는 감염병 유행 질환으로 예전처럼 가족 모두가 모여 즐거운 만찬을 가질 수 없었지만, 이런 상황 중에도 온 가족이 건강하니 그것만으로 축복으로 생각해야지.

내가 원하면 언제든지 거리낌 없이 찾아가서 손주들을 보던 그 시간을 생각하니 가슴이 뭉클하다. '그러나 감사' '그래서 감사' '그래도 감사'를 생각하며 여전히 누릴 것이 많은 삶에 감사를 드린다. 볼 수 있는 것, 들을 수 있는 것, 숨 쉴 수 있는 것이 소중하게 다가온다. 감사가 점점 사라져 가는 이 시대에 무엇에나, 누구에게나 감사의 마음을 잊지 않고 살아야겠다.

올해는 팬데믹 때문에 추수감사절이 쓸쓸하지만, 내년에는 못다 한 즐거움을 두 배로 즐길 수 있길 간절히 바란다.

[12-2020]

꽃아, 나와라

봄은 생기와 활력을 주나 보다. 게으름을 피우던 내가 요즘 화단 가꾸는 일에 정성을 쏟는다. 아침마다 현관문을 열고 채소와 화초에게 안부를 묻는다. 새순이 나면 애썼다고 토닥거리며 어떨 땐 사랑한다는 말까지 한다.

얼마 전 수필반 문우로부터 작은 떡잎의 호박 모종을 받았다. 모종을 큰 화분에 심고 잎사귀가 커가는 걸 보면서 나도 모르게 화단 가꾸기에 재미가 붙었다. 덩달아 다른 화초도 새 흙으로 갈아주고 비료도 주었더니 요즘 조그마한 화단은 풍성한 꽃밭이 되어 허밍버드와 나비가 찾아온다. 지난번 친구 집에서 꺾어온 선인장도 분갈이를 했더니 튼튼하게 잘 자란다. 팔다리는 힘이 들어도 마음은 뿌듯하다.

큰 통에 고추, 파, 근대, 아루굴라, 실란트로, 깻잎까지 조금씩 심었다. 잘 자란다. 이 야채를 상추에 얹어 쌈을 싸 먹으면 정말 꿀맛이다. 노년에 가장 부러워하던, 흙을 만지며 사는 것이 마음에 보람되고 풍요롭게 해준다. 낮의 끝은 밤이고 밤의 끝은 아침이듯 씨앗의 끝은 열매이고 열매의 끝은 또 새싹이 된다.

한 사람이 겨우 다닐 정도의 작은 땅만 있는 콘도미니엄에 햇빛이라야 오전에 잠시 비출 뿐이어서 야채 심을 생각조차 하지 않았다. 그러나 오산이었다. 야채 심을 긴 통을 사 와서 각종 채소와 호박의 씨를 심은 것은 참 잘한 일인 것 같다. 설령 호박이 열리지 않는다고 해도 후회는 없을 것 같다.

예전 같으면 채소와 꽃밭에 매달리는 내게 한마디 했을 남편인데 호박 지지대를 만들 나무와 비료를 사러 가자고 해도 말없이 따라나선다. 게다가 호박 양쪽에 지지대도 세워주고 지붕까지 올려줬다. 마음속으로는 벌써 몇십 개의 호박이 열린 것 같다. 요즘 들어 남편이 자연에 관심을 보이니 이 또한 늙음을 즐기기에 유익하지 않겠는가.

며칠 전 새순이 돋아나더니 꽃술도 제법 달렸다. 그런데 꽃은 필 기미가 없다. "꽃아, 나와라." 간절히 기다린 덕에 수꽃, 암꽃이 피었다. 나비가 수정해야 열매가 떨어지지 않고 자란다는데. 기다린 끝에 호박 열매가 맺혔다. 호박 두 개를 바라보니 감격스러웠다. 하나님이 만드신 천지 만물은 모두가 아름답고 형용할 수 없지만, 그중에서도 꽃과 열매는 가장 신비한 하나님의 작품이다.

노년의 삶이 풍요로우려면 여력을 발휘하며 노력해야 한다. 육신과 정신의 건강을 게을리하지 말아야 한다. 자연과 사람을 사랑하는 마음이 있는 한 삶은 아름다우리라. 마음만은 늙지 말자. 아내가 관심과 사랑을 쏟는 그 화단에 슬쩍 마음을 얹어주는 남편이 고맙다.

[5-2021]

빨간 구두

드디어 일을 내기로 결심했다. 더 늙기 전에 빨간색 구두를 신어봐야겠다는 당찬 나의 작심 말이다.

오래전부터 빨간 구두를 신고 지나가는 사람을 보면 은근히 부러웠지만, 용기가 나지 않았다. 나이 서른에 전도사가 된 나는 '점잖게 보여야 해, 전도사니까.'라는 생각에 빨간색 구두는 신어볼 생각을 꿈에도 못 해봤다. 자연히 내 구두는 검은색, 밤색, 회색, 흰색만 있다. 이번에는 생일을 핑계 삼아 용기를 내기로 했다.

딸과 함께 쇼핑을 나왔다. 신발 가게 앞에서 빨간색 구두를 쳐다보는 것만으로도 예쁜 아가씨가 된 기분이다. 빨간색만으로도 사람들 눈에 너무 띌 것 같아 굽이 낮은 것으로 찾아본다. 내 나이에 이런 색이 어울릴까? 마음이 뒷걸음질을 치지만 나이는 숫자에 불과하다는 말을 떠올리며 용기를 낸다. 보는 사람이 없는데도 괜히 얼굴이 붉어지는 것은 웬일일까. 빨간 구두처럼.

진열대 위에 굽이 낮은 빨간색 구두가 눈에 띈다. 뚫어지라 쳐다보고 있는 내 모습을 보고는 딸이 얼른 집어 들고 계산대로 향한다. 쇼핑 봉투에 담긴 빨간 구두를 품에 안고 걸어가는 나를 남편은 귀엽다는 듯이 미소를 머금고 쳐다본다.

여행을 라스베이거스로 왔다. 빨간 구두를 신고 남편과 함께 거리를 활보하며 벨라지오 호텔(Bellagio Hotel) 앞에서 분수쇼도 구경했다. 관광객 속에 섞여 있는 나에게 아무도 신경 쓰지 않는데 모두 나만 쳐다보는 것 같은 착각은 웬일일까. 시저스 팔레스(Caesars Palace) 호텔 분수대 앞에서 빨간 구두를 신고 찍은 그 날의 사진을 가끔 들여다보면 지금도 기분이 좋아진다.

코로나로 규제가 심해지면서 교회 예배도 온라인으로 드리게 되니 외출할 일이 없어 구두 신을 기회가 별로 없다. 신발장을 열어보니 빨간 구두가 섭섭하다는 듯 나를 쳐다본다. 한쪽 구석에서 3년째 외롭게 자리하고 있는 빨간색 구두, 내일은 꺼내어 신고 딸 집에라도 다녀와야겠다.

빨간 구두를 신고 거리를 나서는 내 모습은 상상만 해도 좋다. 설레는 마음은 나를 소녀 시절로 데려다준다.

[11-2021]

수목원의 가을

　칼 스테이트 홀러톤 수목원에 왔다. 사역할 때 동료와 가끔 와서 무거운 머리를 식히며 쉼을 얻어가곤 했던 곳이다. 이곳은 많은 종의 나무가 서식하고 있어서 그 생태를 연구하는 동시에 일반인도 와서 휴식하며 자연과 대화하는 장소다. 일반 식물원(Botanical Garden)과 거의 같지만 목본 식물을 주로 심고 교수와 학생들이 연구하는 곳이라고 한다.

　입구에서 몇 명의 학생이 그룹을 지어 관리자의 설명을 듣고 있다. 무료입장이라고 써놓았지만, 입장객들은 소액의 기부라도 하고 가는 문화다. 이곳에서 키운 과일도 귀여운 작은 묶음으로 만들어 카트에 담겨져 있다. 구경 온 사람들에게 주는 수목원 측의 작은 선물이다.

　입구 가까운 곳에는 작지만 인공 폭포도 있다. 줄지어 선 나무들이 유난히 건강해 보인다.

　나무들이 튼튼한 것은 넓은 터에 심어져서 편안하게 자랄 수 있기 때문이 아닐까. 나뭇가지가 흔들릴 때마다 잔가지 하나하나의 흔들림까지 다 보인다. 나뭇가지가 자연스럽게 뻗어나갈 수 있는 것은 가림이 없는 빈 하늘 때문인가 보다. 빽빽한 숲에서는 볼 수 없는 여백이 있는 풍경이 한가롭다. 잎은 죽어 거름이 되고 또 다른 나무를 키워 초록을 매단다.

아이들을 데리고 온 젊은 아빠는 나무 밑 그늘진 벤치에 누워 음악을 듣고 있다. 어린아이들은 흐르는 물에서 노니는 피라미를 잡으며 즐거워한다. 실개천의 물도 맑고 깨끗하다.

남편은 불편한 발 때문에 벤치 있는 곳마다 앉아 쉬기도 하고 잠깐씩 걷기도 한다. 나는 요즘 나이 들어가는 남편의 모습을 자주 찍어둔다. 앞으로 남은 생애 중에는 오늘이 제일 젊은 날이니까. 폭포 옆에서 찍은 사진과 호수 옆 나무 밑에서 찍은 사진은 배경이 멋져 프로 작가의 작품 같다며 우리는 웃는다.

식물원은 내가 언제나 오고 싶어 하는 곳이다. 수목들을 바라보면 많은 것을 깨닫는다. 꽃에는 향기가 있고 아름다움이 있지만 열매를 맺기 위해 꽃은 죽어야 한다. 죽어야만 나타나는 작은 열매 속에는 무수한 꽃과 나무가 숨어있다. 씨앗 속에 펼쳐질 미래가 보고 싶다.

10월의 어느 날도 이렇게 바람과 함께 지나간다. 욕심 없이 자라는 나무처럼 더불어 배려하며 살아가야겠다. 언제나 자연의 생태는 신묘막측(神妙莫測)하며 나의 삶에 무언의 교훈을 해준다.

가지 끝에 매달린 마지막 잎이 떠나는 가을을 아쉬워하지만 나는 가을이 좋다. 만추(晩秋) 늦가을이.

[10-2021]

카톡 크리스마스카드도 괜찮아

2022년 흑호랑이가 대문을 열고 나왔다. 정초에 뜻밖의 카드를 받아 기뻤다. 정성스럽게 쓴 손편지가 꽃송이 한 다발로 다가와 아름다운 선물이 되어 행복을 주었다.

나도 작년까지는 크리스마스카드를 해마다 많은 분에게 보냈다. 300명 정도의 주소록을 만들고 카드와 우표를 샀다. 30년을 변함없이 해온 일이었다. 그동안 카드 한 장, 한 장을 쓰느라 며칠에 걸쳐 편지 쓰고, 우표 붙이고, 주소 붙이고, 봉투 봉하는 일을 해왔다.

근데 2021년 크리스마스부터 나도 변화를 시도했다. 내가 찍은 우리 집 대문 사진에 인사말을 적어 크리스마스카드를 대신하여 카톡으로 보냈다. 지금까지 한 번도 하지 않은, 딴은 어색한 일이었다.

정보 통신기술을 사용하기로 결심하게 한 동기가 있기는 하다. 작년 1월부터 배송하기 시작한 나의 수필집을 미처 보내지 못한 지인들에게 보내려고 12월에 우체국에 갔다. 사회적 거리두기를 지키느라 문밖까지 줄이 긴 데도 모두가 떠나지 않고 순서를 기다렸다. 어디로 누구에게 무엇을 보내는지 알 수 없었지만, 사람을 만날 수가 없으니 선물이라도 보내어 소식과 사랑을 전하고 있는 걸까.

어느 할머니가 한 손엔 큰 백을 들고 보기에도 무거운 워커를 끌고 힘겹게 들어왔다. 몸이 불편한 손님에게는 순서를 배려하는 줄이 한쪽에 따로 있어 다행이었다. 카운트 앞에서 쇼핑백에 든 소포와 많은 카드를 꺼내 직원 앞에 올려놓으려는데 할머니는 벌써 힘에 부친 표정이었다. 쩔쩔매는 모습이 미래의 나의 모습으로 오버랩됐다. 다가가 짐을 우체국 직원 앞에 대신 올려주었다. 할머니는 미안해하며 고맙다고 했다.

소포를 부친 할머니는 뒤돌아보더니 고개를 끄떡이며 다시 한번 손을 흔들고 우체국을 떠났다.

결코 남의 일이 아니었다. 모두가 다 앞서거니 뒤서거니 차이는 있겠지만 그 길을 가야 한다. 나이 드는 일을 누가 피할 수 있겠는가.

카톡으로 카드를 보내면서 존경하는 분들께 카드를 이렇게 보내도 되는가 하는 생각에 머뭇거리기도 했다. 하지만 이제는 나이도 있고 정신력과 에너지도 고갈되어 작은 일에도 점점 더 많은 시간이 드니 이런 선택한 것에 후회하지 않는다. 이 시대를 사는 지혜라고 자위한다.

오늘까지 동행해주신 선배, 후배, 사역자, 동역자, 친구들, 사돈님께 그들에게만 할 수 있는 특별한 감사를 각각 다른 표현으로 전해야 도리이겠지만 은퇴한 지 5년이 지났으니 이쯤에서 서서히 느려져도 큰 실례가 되지 않으리라 여기며 스스로를 위로한다. 내년에도 이렇게라도 카드를 보낼 수 있다면 좋겠다.

이제는 귀밑머리에 서리가 내렸다. 주름도 깊어간다. 육체의 변화가 뚜렷하다. 까만 하늘에 빛나는 별처럼 반짝이지는 못해도 살아온 삶이 아름다웠다고 말해주는 이가 있다면 좋겠다.

[중앙일보, 이 아침에 1-2022]

감기 손님을 대접하는 법

모진 비바람이 불청객으로 찾아왔다. 열심히 일해 알차게 영근 벼이삭이 되려는데 감기에 걸렸다.

산이 높아 눈부시고 계곡물이 맑아 즐거웠는데 오늘은 높은 하늘 아래에 팔이 축 늘어진 허수아비 꼴이다. 기진맥진이다. 열이 101도. 항생제를 투여해도 효과가 없다.

내게 찾아온 감기란 손님을 아주 잘 대접해야지. 마음먹고 대추와 생강을 넣고 대추 생강차를 끓였다. 꿀에 재워둔 레몬도 타서 마시고 배 가운데를 파내고 꿀을 넣고 중탕하여 배즙도 만들어 마신다. 무도 꿀에 재워 대추 생강차에 섞어 마시면서 '이번에는 덜 고생해야지' 다짐한다.

콩나물국에 파뿌리까지 넣고 고춧가루도 듬뿍 넣었다. '제발 좀 잘 봐줘.' 내 꼴이 말이 아니다. 전쟁터 군인이 이럴까. 기침을 너무해서 목소리는 거북이 소리 같고 시냇물처럼 줄줄 흘러내리는 코는 헐어서 붉다. 어느 집 고장 난 수도꼭지 같다. 휴지가 벌써 세 박스째다. 바셀린 바른 코 밑은 번쩍거린다.

기운 빠진 햇살에 소슬바람을 안고 가을이 들어서는 듯하더니 이내

겨울이 되고 말았다. 완전히 녹다운이다. 나는 그야말로 나뭇가지에 겨우 매달린 잎사귀 같았다.

세상에는 어려운 일투성이라지만 감기야말로 귀찮고 어려운 손님이다. 아무도 모르게 살짝 와서 온몸을 두드려 패잔병 몰골로 만들어 놓고는 떠난다. 극진하게 대접해서 보내야 뒤탈이 없다.

지난번 감기 손님을 좀 소홀하게 대접했더니 어찌나 심통을 부렸던지 기침, 가래, 고열, 몸살로 온갖 고생을 시킨 후 폐렴까지 선물로 주고 떠났다.

나이가 드니 해도 짧아지고 그림자는 옅어졌다. 일주일 지나니 겨우 살만하다.

세상의 신선한 공기, 맑은 하늘과 햇살이 눈부시다. 눈시울까지 부시다. 이것이 가을빛에 물든 나무인가, 하얀 붓으로 화폭에 그린 나무숲인가.

몸을 추스르고 일어나니 천지가 아름다워 마음이 춤을 춘다. 까닭 없이 마음이 경건해진다.

[11-2019]

우정의 브런치

봄볕이 따뜻한 오월이다. 근처에 사는 오랜 벗으로부터 아침 식사 초대를 받았다.

무슨 선물을 들고 갈까 생각하다 탐스러운 수국 꽃다발로 정했다. 다른 친구는 난초를 안고 왔다. 오월은 역시 화려한 꽃의 계절인가 보다. 얼굴에 가득히 웃음을 머금고 우리를 맞이한 친구는 음식 솜씨가 좋다. 계란에 각종 야채를 넣고 스크램블을 만들었다. 베이컨도 구웠다. 와플을 굽고 바나나, 블루베리, 스트로베리를 얹어 시럽을 뿌려 먹으니 달콤하고 맛나다. 커피와 오렌지 주스까지 맛있는 아침에 모두 행복했다.

탁 트인 유리문으로 뒤뜰을 바라본다. 집안에서 하늘을 볼 수 있으니 부러울 게 없을 것 같다. 친구 내외는 한 집에 오래 살면서 리모델링도 하고 부지런한 남편은 집 안팎을 깨끗하게 관리해 새집 같다.

뒤뜰엔 분갈이한 선인장 화분 수십 개가 모여 있는 것이 탐스럽다. 예쁜 꽃을 피우는 선인장도, 고목을 잘라 만든 나무토막 위에 놓인 선인장도 운치가 있다.

뒤뜰 가운데 자리한 파라솔 아래 펼쳐진 큰 테이블로 가끔 친구들을 불러 접대해주니 고맙다. 밤하늘의 별을 세면서 차 한 잔을 마시면 시인도 화가도 부럽지 않을 것 같다. 낭만이 넘치는 작은 카페라 해도 손색이 없다.

봄은 생명의 힘으로 채소를 땅 위로 밀어 올린다. 뒤뜰엔 상추, 고추, 호박, 파, 아루굴라가 자란다. 장미도 만개해 아름답다. 노년에 흙을 만지며 자라나는 생명을 보는 이 집 주인장은 나날이 행운과 축복을 누린다. 정원 양쪽 끝으로 서 있는 감나무와 빨간 꽃이 핀 석류나무가 그림 같다.

40년 지기 친구 다섯 가정이 모여 서로 정을 나누며 지낸 덕분에 비 오고 바람 분 세월에도 우리 관계는 비옥했다. 자녀들이 또래라 결혼하여 가정마다 손주를 출산하는 동안 기쁨과 슬픔도 나누었다.

우리가 오랜 친구로 긴 세월 지내는 동안 왜 어려운 시간이 없었겠는가마는 그때마다 입을 닫고 자신을 돌아보고 용서와 이해와 아량으로 지내다 보니 여기까지 왔다. 참으로 귀한 40년 세월을 나누며 살아왔다.

선인장이 번식이 잘 되어 풍성하다며 친구가 이것저것 꺾어준다. 대접하고 나눠 주는 마음은 얼마나 귀한 일인가. 우리 여생도 그리 길지는 않을 터이니 순간순간 혈육보다 더 자주 만나는 친구와 남은 삶을 즐기며 누려야 하리라. 자주 차도 마시며 시리도록 파란 하늘도 같이 바라보고 담장 넝쿨 밑에서 고개를 내미는 연두색 새싹도 즐기며 가슴 뭉클하는 시간을 자주 가져야겠다.

행복은 특별한 게 아니다. 좋아하는 이웃과 사랑을 나누고 웃음을 주고받는 것인 걸, 나이가 들수록 절절하다.

얼굴과 손등에 주름이 져도 좋다. 그건 미소가 한참 머물다간 자리라는 걸 깨달은 후부터는 주름살 걱정은 하지 않기로 했다. 건망증도 하루하루 새롭게 살라는 하나님의 배려라고 믿는다. 아직 식지 않은 뜨거운 가슴만 있으면 된다. 아직은 건강하니 감사하고 행복하다. 서로 기대고 사는 벗이 된 친구들이 신앙 안에서 오래오래 옆에 있어 주길 소원한다.

보이는 집은 영원하지 못하나 마음속 우정의 집은 더욱 견고하기를 소원해본다.

[중앙일보, 이 아침에 5-2021]

지란지교(芝蘭之交)

실바람 같기도 하고 조용히 흐르는 개울물 같기도 한 친구가 있다. 별로 할 얘기도 없으면서 괜히 마주하고 싶은 친구다. '친절'을 뒤부터 읽으면 '절친'이니 그래서 '절친'이 되었을까. 오늘은 카톡을 보냈더니 애리조나 여행에서 금방 돌아왔다고 한다. 카톡만으로는 성에 차지 않아 전화를 걸었다.

오래전 친구가 티셔츠에 프린트하는 사업을 할 때다. 사업이 안 되어 직원 월급을 제때 못 줄 때가 있었는데 너무나 힘들어했다. 친구의 딱한 사정을 듣고 나니 집에 돌아와서도 그녀의 착한 마음이 뇌리를 떠나지 않았다. 나는 친구가 그 어려운 상황을 잘 극복하기를 진심을 다해 기도했지만, 내리막으로 치닫는 사업은 절망적이었다. 친구네는 고민 끝에 결국 파산 직전의 사업을 접을 수밖에 없었다.

친구는 3년 전 남편을 지병으로 떠나보낸 후 우울증에 시달렸다. 평범한 일상생활조차 영위하는 것이 어렵다. 대학 조교인 딸이 잠시 직장을 접고 엄마의 간병을 자원했다. 딸과 함께 살면서 친구의 건강은 많이 나아지고 있다. '딸 찬스' '딸 효과'를 누리는 셈이다.

친구의 아들은 신문사와 출판사에 글을 보내는 전업 작가다. 대학을 다닐 때 알게 된 백인 여자와 결혼했는데 아기가 얼마나 예쁘고 사랑스러운지 친구는 손녀 사진을 보내면서 자랑하곤 한다. 그 아들이 요즘 책을 집필 중인데 한국계 베스트셀러 작가로 명성을 날리면 좋겠다. 8세에 미국에 온 아들인데도 한국적인 정서를 잃지 않아서인지 효성이 지극하다. 친구는 아이들이 어릴 적부터 대학에 가기 전까지 꼭 아침밥을 먹여 학교에 보냈다. 엄마의 헌신이 아이들에게 통했으리라.

친구는 내가 대장암 수술을 받고 집에서 요양하고 있을 때 매일 양귀비 세 송이를 병에 담아 대문 앞에 두고 갔다. 말씨와 맘씨가 비단결처럼 곱다. 우리는 서로 아파해 주고 진심으로 아끼는 사이다. 어떤 이야기든 다 말할 수 있는 허물없는 사이다.

세상에 영원한 것은 없다. 형편과 사정은 어느 때라도, 누구라도 바뀐다. 그때까지 옆에 같이 있어 주는 친구가 진정한 벗이다. 영원한 친구는 함께 기도해 주고 같이 아파해 주고 시간을 내어 주고 자신의 이익을 계산하지 않는 친구가 아닐까. 친구가 잘되는 것을 진정 기뻐하며 축복해 주고 유익한 정보를 들으면 먼저 알려주는 친구가 진정한 친구다.

맑은 시냇물처럼 조용하고 은근한 친구, 집 뒤뜰에 화초를 기르고 문학을 사랑하는 친구가 나는 좋다. 서로 돕고 마음도 감싸 주는 그녀가 좋다. 물질은 가난해도 향기를 잃지 않는 마음의 부요를 가진 친구가 좋다. 늙어도 끝까지 맑고 고운 인품으로 조그마한 기쁨도 서로 나누는 우리가 되었으면 좋겠다.

절친이 있다는 건 인생의 큰 축복이요 복된 삶이다. 같이 책을 읽고 공원을 산책하며 담소를 나누고 가장 작고 평범한 것을 나누며 살아가는 친구가 나는 좋다.

친구가 여행에서 돌아왔다니 방금 담근 동치미를 들고 찾아가 봐야겠다. 집 앞 자리한 메이슨 파크를 산책하면서 도란도란 얘기를 나누고 싶다.

"네가 좋아. 너 없으면 안 돼."라고 친구 귓가에 대고 얘기해줘야겠다.

하루빨리 우울증이 치료되어 친구 얼굴에 그늘이 사라지고 좋아하던 꽃 기르기와 책 읽기를 하면 좋겠다. 절망과 무기력을 떨치고 비둘기처럼 날아 그녀의 예전 모습으로 돌아가기를 간절히 소원한다.

[1-2022]

평범한 하루가 행복해

7월이 번개보다 빨리 다가왔다. 붙잡을 수 없는 또 다른 시간의 시작, 7월은 나를 설레게 한다.

플러턴 사는 막내딸이 강아지 두 마리를 며칠 봐 달라고 연락을 했다. 14세의 자그마한 체이스(Lhasa Apso and Bichone Frise mix)와 5세 된 덩치 큰 다코타(Golden Retriever and Poodle mix)를 돌보는 일이다. 딸네 식구는 모두 여름방학을 이용해 조지아로, 뉴욕으로 떠났다.

강아지 돌보기는 일 년에 서너 번 있는 일이어서 손에 익었다. 더구나 딸네 집은 나무와 꽃이 많아 자연에 묻힌 듯 리조트에 온 것 같은 휴식을 즐길 수 있는 곳이어서 오히려 고맙다. 강아지 봐주는 것도 건강하니까 할 수 있는 일이 아닌가. 우리가 하는 일이라야 뒤뜰로 나가는 문을 열어 주고 밥과 간식을 주는 일이다. 두 마리 강아지는 넓은 뒤뜰에서 경사진 언덕 아래로 뛰어 내려갔다 올라왔다 하니 따로 데리고 산책을 나갈 필요도 없다.

짐을 싸 들고 딸 집에 도착했다. 아뿔싸, 이 정신을 어쩌란 말인가. 외출복을 문고리에 걸어두고 그대로 왔다. 단벌 숙녀가 됐다. 나이가 든 징조 중 하나다. 남편은 집에 가서 가져오자고 하고 친구는 이 기회에 옷을 몇 벌 사 입으라고 한다. 다시 운전해 집에 갔다 오는 것도 귀찮고 더구나 특별한 행사가 있는 것도 아닌데 새로 사는 것도 아깝다. 여동생 부부를 만났을 때도, 얼마 전 우리 곁을 떠난 친구 남편의 납골 당에 갈 때도, 입고 있던 그대로 다녔다. 평생 처음 겪는 일이지만 그런 대로 견딜 만했다.

딸네 집이 있는 산 위 동네는 일출과 일몰을 볼 수 있다. 아침에 떠오르는 태양을 하늘 가득 즐길 수 있어 행복하다. 그런데 요즘은 계속 아침에 안개가 끼어 일출을 보기 어렵다. 날씨도 점점 더워지고 있다.

해가 지기 전에 산책하기 좋은 라구나 호수로 내려갔다. 호수는 운치가 가득하고 낚시꾼들은 여유롭다. 나무와 구름이 호수에 비쳐 멋진 그림을 그린다. 손주들이 어릴 때는 이곳에 와 사진도 찍고 산책도 하며 추억을 쌓았는데 이젠 다들 자라 큰손자와 손녀는 대학 3학년이고 여섯 손주 중 막내도 올해 고등학생이 되었다. 지는 해를 보며 집으로 돌아오는 길에 다람쥐가 앞서 달린다. 새소리가 자연의 숲을 싱그럽게 한다.

강아지 체이스는 14세다. 사람으로 치면 90세라 귀가 잘 안 들린다. 그래도 눈치는 구단이다. 늘 우리 곁을 맴돌며 원하는 것이 있으면 고개를 옆으로 돌려 눈을 맞춘다. 잘 때는 침대 위로 올라와 내 몸과 맞대고 잔다. 딸이 평소에 체이스를 침대에서 데리고 자니 나도 올라오는 체이스를 밀쳐낼 수가 없다. 옛날 내 성격 같으면 어림도 없을 일인데 이걸 참아준다니 점점 익어가는 내 모습이 대견하기도 하다. 다섯 살짜리 다코타는 정말 조용한 강아지다. 내가 외출하려는 기미라도 보이면 가까이 오지 않는다. 잠시 나갔다 오겠다고 설명하고 어루만져주면 슬픈 모습이 조금 풀어진다. 깊은 정이 들어버린 가족이다. 딸 가족은 체이스와 다코타에게 '내가 엄마다, 아빠다, 누나다, 형이다.'라고 하지 않는다. 나도 결단코 족보에 없는 강아지의 할머니로 불리고 싶지는 않다. 가족이 되어 너무 사랑스럽지만 강아지는 강아지다.

손자가 출전하는 야구 경기를 보러 조지아로 떠난 딸과 사위는 경기가 끝나서 뉴욕으로 가고 대학 2학년인 손녀는 인턴십 때문에 먼저 왔기에 우리도 집으로 왔다.

다시 일상이다. 화단의 꽃과 호박, 고추도 주인을 만나 반가운 듯 방긋방긋 웃는다. 같은 동네에 사는 큰딸이 나 없는 사이 틈틈이 화단에 물을 줬지만, 불볕더위에 바짝 말라 목이 마르다고 호소하는 듯하다. 주인의 손길을 얼마나 간절하게 기다렸을까. 짐을 내리기 전에 화단에 물부터 준다. 나이가 들면 무엇이 중요한지 알게 되는 또 다른 베네핏이 있다. 희로애락의 의미를 찾아내는 성숙함이, 인생 연륜과 신앙 연륜이 바른 삶의 방향을 제시해준다. 이제는 많은 것, 큰 것을 이루려 애쓰기보다 소중한 것을 추구하고 진실함을 소망하며 살게 된다.

내일도 힘차게 건강 걷기에 나서야지. 태양은 뜨겁고 숲은 더욱 푸르다. 7월도 뜨거운 열기를 대지에 뿌리며 푸르른 색깔로 산야를 물들이며 달려가고 있다.

[7-2021]

chapter *7*

생명의 합창

딸아, 걱정하지 마라

그날 아침의 기억이 아직도 생생하다.

2009년 5월 둘째 주 화요일, 눈을 뜨고 거울을 보니 밤새 입이 90도로 돌아가 있었다. 구안와사(Bell's Palsy)였다. 가슴이 뛰면서 숨이 막힐 것 같았다. 이런 황당한 일이 나에게 닥치다니! 그즈음 몸이 너무 피곤했고 스트레스 또한 최고도였다. '난 좀 쉬어야 해. 너무 피곤해. 쉬어야 해.'라는 마음속 절규를 듣지 않고 내 몸을 돌보지 않은 결과였다. 왈칵 눈물이 솟구쳤다.

다음 날 소식을 듣고 친구 내외가 달려왔다. 나를 싣고 무조건 샌디에이고를 향해 달렸다. 모두가 말없이 창밖만 바라보았다. 하늘과 구름, 바다와 수평선이 거대한 한 폭의 그림이 되어 다가왔지만 갈피를 잡을 수 없는 무수한 생각은 끝도 없이, 거대한 파도 속에서 파노라마처럼 몰려왔다.

바닷가 조용한 카페에서 잠시 쉬었다. 빨대로 물을 삼키려 하니 입가로 주르륵 흘렀다. 부끄러웠다. 남편은 그런 내 모습에 아무 말도 못했고, 친구 내외도 아무 일 없다는 듯 못 본 척했다. 아무 말도 하지 않는 것이 이렇게 위로가 되다니…. 함께 있어 주는 것만으로도 위안이 되었다. 말로 위로한다는 고정관념이 여지없이 깨졌다.

구안와사가 찾아온 지 사흘째 되던 날 새벽, 갑자기 왼쪽 귀에 바늘 몇백 개를 한데 묶어 찌르는 듯 아팠다. 견딜 수 없는 고통이었다. 응급실로 달려갔다. 의사는 진료를 마친 후 대상포진(shingles)이 왔다며 빨리 와서 다행이라고 했다. 며칠에 걸쳐 먹을 약을 처방받아 돌아오는 길에 주치의에게 전화를 걸었다. 구안와사와 대상포진 두 가지가 한꺼번에 오는 경우는 드문 일이라고 했다. 귀로 올 경우 뇌와 눈을 손상시킬 수도 있으며 회복될 가능성은 50대 50이라고 했다. 동시다발로 벌어진 이중 고통. 불안에 몸을 가눌 수가 없었다.

"하나님, 알고 계시잖아요. 푸른 초장의 집을 어떻게 합니까. 폭력에 시달리는 여성을 대신해 이 사람 저 사람, 이 기관 저 기관을 찾아다녀야 하잖아요. 이 얼굴로는 사람들 앞에 설 수가 없어요. 저에게 찾아온 구안와사와 대상포진을 고쳐주세요. 도와주세요. 저를 불쌍히 여겨주세요."라고 슬픔을 베고 잠자리에 들면서 간절한 마음으로 기도했다.

눈물이 펑펑 쏟아졌다. 기도의 끈을 놓치면 죽는다는 절박함으로 기도하는 내 귀에 예수님의 음성이 들려오는 듯했다.

"사랑하는 딸아, 걱정하지 마라. 내가 너를 고쳐주마. 근심하지 말아라."

그분은 내 팔을 만지고 내 얼굴을 만지셨다. 나는 "감사합니다"만 끝없이 반복하다 '아멘'도 못한 채 잠이 들었다.

다음 날 아침 눈을 뜨자마자 거울을 봤다. 나의 본래 얼굴, 본연의 모습이 돌아왔다. 일주일만의 기적이었다. 천지를 만드신 하나님, 나를 지으신 그분의 완전무결한 고치심이다. 태풍은 지나갔다. 풍랑을 잠잠케 하셨다.

주일날 교회 마당에 섰다. 파란 하늘 위 뭉게구름이 아름다웠다. 얼굴을 만지며 스쳐 가는 바람은 체온이 느껴지는 듯 부드러웠다. 항상 나의 곁에서 함께 하시는 하나님의 임재를 체험하며 살아가는 것, 나는 얼마나 놀라운 축복을 받은 사람인가. 한 치 앞을 모르고 살아가는 삶에 하나님께서 찾아와 어루만져주신 은혜를 뒤돌아보면 눈물로 고개를 숙이게 된다.

주님은 언제나 나에게 살아가야 할 이유와 생명이 되어주시고 꿈과 소망으로 칠전팔기 일으켜 주신다. 곁에서 아무 말씀 없으셔도 주님의 소리 없는 음성이 오히려 가슴을 뛰게 한다.

주의 사랑은 변질되지 않으며 환경에 영향을 받지도 않고 주님을 무한대로 사랑하게 만든다. 내가 누리는 이 행복이 올리브유같이 삶을 풍성하게 하며 지친 마음과 몸을 일으키기도 하고 생명의 기쁨을 더하게도 한다. 예수 그리스도께서 나의 주가 되심으로 깊은 존재적 행복을 느낀다. 내 안에 있는 천국은 주님을 향한 사랑과 헌신이다. 아픔과 고통이 있고 절망과 좌절이 있는 모든 이들에게 주님을 만나게 하고 싶다. 주님이 아니면, 무엇이 기쁨이 되며, 어떤 삶이 의미를 가질 수 있을까.

모두 함께 주 예수 그리스도로 인해 산을 넘고 강을 건너기를 원한다. 그분으로 인해 천국을 소유한다. 그 주님이 늘 나와 함께하신다.

[5-2019]

이웃집에 찾아온 새날

아침이 밝아오는 건 새로운 기회와 기쁨을 누리라는 뜻이리라. 우리 집은 왼쪽 벽면과 정면이 유리창이어서 코트 야드가 훤히 보인다. 가꾸는 수고 없이도 내 집 마당처럼 마음껏 즐긴다.

코트 야드에는 바나나 나무와 레몬 나무가 있다. 때로는 참새가 바나나 잎 위에 앉았다가 창문 너머로 나와 눈이 마주치면 부끄러운 듯 호로록 날아간다. 매일 눈에 가득 담건만 정원의 운치는 질리지 않는다.

코트 야드 건너편 집 앞에서 톱으로 무언가 자르는 소리가 벌써 며칠째 요란하다. 마침 그 집주인 테라가 지나가면서 인사를 한다.

"집을 고치느라 2주간 소리가 많이 날 거예요. 시끄럽지만 좀 참아주세요."

올해 마흔아홉 살인 그는 키가 조금 작고 말하기를 좋아하며 사교적이다. 시끄럽게 해서 미안하다는 그에게 할 말은 없지만, 이웃집들은 신경이 곤두서 있다. 카펫과 옷장을 새로 하고 최고급 타일로 싱크대와 화장실, 부엌까지 바꾼다고 하는데 대리석 자르는 소리는 더욱 거슬린다. 한 달 전 차를 살 때도 최고급 차 테슬라를 구입한다더니 이번 집 단장도 최고급으로 바꾼다고 했다.

16년 전 5월, 우리는 같은 시기에 집을 짓고 입주했다. 그동안 다른 이웃들은 모두 이사를 갔지만 우리 두 집만 유일하게 남아있다. 그는 이 집에서 결혼하고 1년 후 딸을 낳았다. 앞집 부부는 우리가 보기에는 잘 사는 것 같았는데 무슨 이유인지 10년 전 이혼하였다. 딸 양육권을 그가 가져 지금은 딸과 함께 살고 있다.

그의 집으로 그동안 몇 명의 여자가 드나드는 것은 보았지만, 보통은 그리 오래 사는 것 같진 않았다. 얼마 전에는 딸의 열네 살 생일파티를 했다. 그는 혼자서 딸을 키우면서 주말에는 엄마에게 보냈다. 딸과 사이가 좋았고 아빠의 교육 방법에 따라 학교에서 A⁺ 학생이라고 했다. 딸은 피아노 실력이 줄리아드 음대를 갈 수 있겠다고 생각할 정도로 수준급 이상이고 테니스도 상당한 실력이라고 자랑하며 딸이 삶의 기쁨이라고 했다. 남자 혼자서 딸 키우기가 정말 어려운 일인데 테라는 자기 사업을 하면서도 딸 스테파니를 잘 키우는 것 같았다.

그런데 요즘 그가 어두운 얼굴이다. 우리 집 앞을 땅만 보고 지나가는 그를 불렀다. 묻지도 않았는데 기다렸다는 듯이 속을 털어놓았다. 딸이 유난히 몸매가 좋고 예뻐서 걱정이라고. 평온한 마음에 불안이 몰려오면 갈피를 못 잡고 허우적거린다고 했다. 지난달부터 정신과 상담을 받으면서 걱정(Anxiety)이 많이 진정되고 있다. 과거 아내의 잔상이 남아있어 그런 것 같다고도 했다.

집수리를 끝내고 한 달 뒤에 만난 그의 얼굴이 많이 밝아졌다. 그동안 몇 번 보았던 아주 예쁜 동양 여자가 짐을 가득 들고 그리스 남자인 테라의 집으로 들어간다.

아, 집을 새로 꾸민 이유가 있었구나. 이혼 후 10년 만에 새 장가가는 그의 앞날에 하나님의 축복과 행복만이 있길 바란다. 또한 딸이 새엄마와 함께 사랑과 기쁨, 웃음과 행복을 새롭게 누리길 간절히 기도한다.

나는 축하 선물과 함께 한국 음식도 준비했다. 그가 문을 열면서 신부를 인사시켰다. 축하해줘서 고맙다고 함박웃음으로 선물을 건네받는다. 잡채, 갈비, 만두는 세계 어느 나라 사람도 거부감이 없는 K-Food가 아닌가. 그 집 식구들의 입에도 맞았으면 좋겠다.

또 하루가 흘렀다. 오늘도 열심히 살았지만 아쉬움은 남는다. 모든 것 잊고 편히 잠들라고 밤은 오는 것이리라. 코트 야드 안에서 한 집, 두 집 불이 꺼진다.

[중앙일보, 이 아침에 10-2-2021]

푸른 생명의 합창

까만 콩알 눈의 노루가 인사를 한다. 어미 곁에 바싹 붙은 새끼도 우리를 빤히 쳐다본다. 초입부터 우거진 숲이 그늘을 만들어 시원하다. 몇백 년은 됨직한 키 큰 고목이 즐비한 화이트닝 랜치 윌드네스 공원 (Whiting Ranch wilderness park)은 매력적인 곳이다. 올해 2월에는 사자(mountain lion)가 나타나 잠시 문을 닫았다는 기사를 읽었다.

오늘 기온은 72도로 하이킹하기에 딱 좋은 날씨다. 여러 갈래의 코스 중 레드 록으로 향했다. 자갈길 주변에는 곳곳에 예쁜 꽃이 만개하여 발길을 붙잡는다. 봄에 만나는 들꽃은 파스텔 색깔의 보라, 분홍, 노랑, 하양이다. 봄의 무도회, 천자만홍 꽃들의 춤바람이랄까. 꽃은 향기와 예쁜 모습으로 말하니 서로 화내지도 싸우지도 않을 것 같다. 비가 오면 함께 젖고 바람 불면 함께 흔들리겠지. 바람이 지나다니며 꽃의 얼굴을 만진다.

높은 나뭇가지 위에 네 마리의 산새가 큰소리로 정답게 노래해 눈길이 그곳에 머문다. 빨간 부리에 반짝이는 검은 털을 가진 새가 짝을 지어 앉아있다. 벌도 나비도 분주히 꽃가루를 물고 날아다닌다.

표지판 초입부터 길은 돌 반, 흙 반이다. 친구들은 땀이 흘러서 사우

나를 하는 것 같다고 했지만 나는 땀이 흐르지 않고 얼굴만 달아올랐다. 가을도 아닌데 어디서 산들바람이 불어 미소 가득히 자연의 고마움을 노래로 화답한다.

"산 위에서 부는 바람 시원한 바람 그 바람은 좋은 바람 고마운 바람…" 바람의 노래요 노래의 바람이다.

묵은지 같은 친구들이라 허물없고 편안하다. 삶의 진솔한 이야기도 도란도란 감춤 없는 마음을 나눈다. 한참을 걷다가 고개를 든 우리 앞에 펼쳐진 캐년의 장관에 눈을 의심했다. 예상하지 못했던 웅장한 협곡에 마주 보고 입을 벌린 채 감탄하며 좋아했다.

세상의 모든 한탄을 감탄으로 덮는다면 얼마나 세상은 아름다워질까. 브라이스 캐니언, 그랜드 캐니언, 세도나, 레드락을 연상케 한다. 이렇게 가까운 곳에 캐니언이 있으리라는 상상은 미처 못 했다.

내려오면서 만난 초록빛 향연을 벌이는 나무들. 1년 전 불이 났을 때 이곳은 한동안 문을 닫았다. 사람의 왕래를 차단한 것은 심한 산불로 피해를 입은 회생 불가능한 나무에 쉼을 주기 위해서였다. 감사하게 1년 만에 모든 나무에 새싹이 나서 파란 잎이 무성하다. 검게 탄 나무는 아직도 검은 채로 보이지만 뿌리 가까운 곳에는 '푸른 생명'을 내놓았다. 생명의 신비다. 나무는 불에 탔으나 뿌리는 여전히 살아있었다.

나는 칠십을 넘어섰다. 젊음을 걷어간 세월의 흔적이 듬성듬성 엿보인다. 언제부터인가 늙었다고 생각되어 더 이상의 새로운 꿈이나 소망은 가지려 하지 않았다. 그런데도 빗자루로 쓸려간 구름을 봐도 감동이 뭉클하여 글로 써보고 싶어지고, 노루를 보면 풀숲에서 같이 뛰어노는 상상을 하고 나뭇가지에 앉아 합창하는 새들을 보면 그 곁에 앉아 같이 노래하는 내 모습이 그려지는 것은 웬일일까. 우리의 영혼도 새롭게 꽃 피울 수 있겠지. 고목의 뿌리가 살아 있는 한 다시 새순이 피어나듯 늙었다고 생각하는 나이에도 꿈을 꿀 수 있다고 믿어진다.

야무진 나의 확신은 '노년 브라보다' 하나님께서 나의 영혼에 끊임없이 생기를 불어넣어 주시고 육체에 활기를 주시며 나의 인격에 향기를 피워주신다면 겉은 늙어 가도 속은 알차게 익어 가리라.

[5-2021]

헌팅턴 라이브러리

패서디나 헌팅턴 라이브러리와 그 동네에 있는 노턴 사이먼뮤지엄은 아이들이 어릴 때 종종 왔던 곳이다. 갤러리와 각 나라의 특색을 살린 정원이 함께 있는 헌팅턴 라이브러리, 로즈가든은 장미의 천국이다. 장미의 매력에 흠뻑 빠져 구경하던 때가 벌써 수십 년 전이라니. 세월은 초음속보다 빠른가 보다.

넉 달 전에 친구들과 왔을 때 옛날과는 확연히 변한 모습에 놀라서 오늘은 남편과 다시 왔다. 좋아도 너무 좋으면 몸이 다시 움직이나 보다. 중국 정원과 일본 정원이 그 나라에 있는 정원을 옮겨놓은 듯하다. 곳곳이 옛날보다 많이 확장되었고 예전에 없던 분재가 상상 이상으로 많았다. 푸른 숲길은 맑은 공기로 가득 찬 듯 시원하다. 호수는 작지만 하늘을 안고 있어서 더없이 넓고 시원해 보인다. 햇살을 듬뿍 안고 구름을 따라 걸으니 하늘을 나는 듯하다. 일본 정원의 비단 금붕어와 거북이들이 연꽃 곁을 맴돌며 유유자적 노는 모습에 마음이 힐링된다. 은빛으로 허공에 날리는 작은 폭포를 통통 튀는 물방울처럼 경쾌한 마음으로 사진에 담았다.

새로 만든 데저트 가든은 전에 본 적이 없던 선인장으로 빼곡하다.

고목으로 변한 선인장은 고뇌의 역사를 쓴 듯 껍질이 상처가 난 것도 있어서 마음이 경건해진다. 나도 나이 들면 고목처럼 울림을 줄 수 있을까. 내공이 담긴 인생의 흔적을 남길 수 있을까.

셰익스피어 정원은 새들의 음악회다. 나는 벤치에 앉아 잠시 생각에 잠긴다. 이곳을 셰익스피어 정원이라고 이름 붙인 이유가 있구나. 사색하기에 좋은 정원이요 사유하기 좋은 장소다.

헌팅턴 라이브러리가 이렇게 변하리라고는 40년 전에는 상상도 못 했다. 가든마다 수목이 울창하고 곳곳은 꽃들로 화려하다. 남에게 기쁨과 위로를 주는 꽃 같은 삶을 살아가면 좋겠다.

예전의 로즈가든은 음식과 차가 고급스럽고 맛있었다. 지적인 풍모에 예의 바르고 아름다운 직원이 서브를 하니 마음이 즐거웠다. 영국 차를 마실 때의 서비스는 품격이 높고 세련미 넘치는 매너에 깊은 인상을 받았다. 지금은 구조변경을 하느라 문을 닫아 차를 마실 수가 없다. 리노베이션(Renovation)을 하고 2023년 봄에 다시 개방한다니 기다렸다가 다시 와야겠다.

현재만이 실제적인 나의 시간이 아닌가. 이곳도 몇 년 후에 와서 보면 또 변해 있겠지. 세상은 날이 갈수록 더 발전하고 번창해지지만 우리의 육체는 화려한 장미처럼 절정의 순간이 지나면 시드는 법, 무엇을 위해 이 시간을 살아갈 것인가를 고민하는 시간도 필요하다. 가끔 와서 마음의 깊이와 넓이를 재정비하고 가면 좋겠다. 나이가 들어가니 기회는 현재뿐이다. 미래는 미지의 일, 보장이 없다. 늦가을, 햇빛이 살짝 고개를 내민 날에 자연이 주는 평화를 가슴 가득 안고 돌아왔다.

[10-2021]

글쓰기를 빵 굽는 것처럼

　수필을 잘 쓰는 사람이 부럽다. 그들의 글을 읽으면 느티나무 아래서 쉼을 얻는 마음이고 깊은 샘물에서 퍼 온 시원한 물에 발을 담그는 기분이다.

　수줍은 처녀처럼 조심스럽게 수필반에 첫발을 들여놓았을 때. 그때는 결혼 50주년을 맞아 내 삶에 동반자가 되어준 남편과 자녀들에게 감사를 담은 책을 선물하려는 마음이었다. 어느 날 우연히 오렌지카운티 가든 그로브에 소재한 '가든수필문학반'을 신문에서 발견하고 참석했다.

　그 클래스를 개설한 P선생님은 진심 어린 사랑으로 수필 쓰기를 가르쳐 주셨다. 꾸준하게 몇 년의 가르침을 주셨는데 어느 해 지병으로 천국으로 떠나셨다. 이후 새로 오신 H선생님은 P선생님 살아계실 때부터 오셔서 가끔 특강을 해주셨다. P선생님이 돌아가신 후로 우리를 이끌어 주신 분이다. 선생님은 수필반을 맡으면서 먼 길도 마다하지 않고 마치 어머니 같은 마음으로 희생과 헌신을 다하셨다. 아낌없이 주는 나무 같았다. 선생님의 적극적인 열정으로 『가든문학』 창간호도 출간하여 P선생님의 영전에 바침으로 숙원 사업도 이루어드렸다. 더구나 한국에서 유명한 P교수님을 초청하여 데스밸리 문학여행도 함께하며 사랑과 섬김을 몸소 보여주셨다. 지금은 우리 수필반을 떠나셨지만 나는 H선생님을 통해 수필의 세계를 알게 되었다. 글쓰기를 잘하는 방법을 배우면서 깊은 울림을 받기도 했다.

글을 잘 쓰려면 먼저 자유, 사랑, 겸손이 수필의 기본이 되어야 한다는 것을 알게 되었다. 거부감을 주지 않는 글을 쓰기 위해서는 자랑과 비방은 피해야 한다는 것을 듣고 많은 것을 깨달았다. 그리고 자투리 시간을 이용해서 글을 읽고 독서 일지를 만들라고 말씀하신 것도 큰 교훈이 되었다. 혼신의 힘을 다하여 가르침을 주신 H선생님을 마음속 깊이 존경하고 사랑한다.

팬데믹으로 2년 동안 수업이 없었다. 모임을 폐한 채로 시간이 흐르는 가운데 수필집 한 권을 출간했다. 내 삶과 애정이 담긴 수필집을 품에 안고 난 후에야 나는 글을 정말 잘 쓰고 싶다는 생각으로 갈급해지기 시작했다.

기승을 부리던 코로나가 조금 수그러들 무렵 드디어 수필반이 다시 모이자는 연락이 왔다. 이번에는 S선생님을 모시고 줌으로 공부를 시작했다. S선생님의 첫 강의 시간에 정신이 번쩍 들었다. 배우고 또 배우며 갈고닦아도 수필집으로 출간하려면 오랜 시간이 소요되는데 나는 습작이 무르익기도 전에 겁도 없이 첫 수필집을 낸 것이다. '무식하면 용감하다'는 사람이 바로 나라는 생각이 송곳으로 찌르듯 머릿속에 박혔다. 얼굴이 화끈거렸다. 글을 사랑하고 학습된 S선생님 마음의 언어가 누에가 명주실을 뽑아내듯 가르침 속에서 절로 흘러나왔다. 진솔하고 겸허한 S선생님의 마음의 언어가 고스란히 전해졌다. 가르침 하나

하나가 주옥같다. 수필의 하드웨어는 여기저기서 얻어들었어도 정작 소프트웨어가 부족해 글을 잘 쓰지 못하는 우리 문우들에게 S선생님은 젖을 먹이는 마음으로 차근차근 인도해 주셨다. 우리가 수필을 더 잘 쓰기를 갈망하는 S선생님은 저명한 한국의 수필 평론가 강의를 줌으로 공부할 수 있도록 클래스도 마련해 주었다.

글을 잘 쓰는 사람은 반드시 타고나는 것만은 아니라고 생각한다. 글을 사랑하고 사람과 자연을 사랑하며 사색하다 보면 서서히 훈련되고 학습되리라 확신한다. 내 글이 누군가에게 위로와 용기를 줄 수 있다는 생각은 나로 하여금 좋은 글을 쓰고 싶은 소망을 샘솟게 한다. S선생님이 지도하는 이번 기회에 수필에 대한 공부와 습작을 열심히 해서 '좋은 글을 꼭 써야겠다.' 다짐해 본다.

글쓰기는 빵을 만드는 것과 같다는 마음이다. 어떤 밀가루를 사용하며 어느 정도의 온도에서 구워내느냐에 따라 다양한 종류의 빵이 되어 나오듯이 말이다. 가장 기본 되는 것은 역시 밀가루 선택이다. 강력분, 중력분, 박력분 어떤 것을 선택할 것인지에 따라 빵의 종류가 결정된다. 아무리 좋은 유기농 밀가루와 천연 효소라고 해도 재료의 양이 지나치면 안 된다. 오직 빵 속 단백질의 양에 따라 빵과 국수를 또는 가락국수와 케이크, 과자를 만들 수 있다. 재료가 좋아도 올리는 부재료가 잘못 선택되었거나 불 조절을 못 해도 실패한다. 글은 반죽하는 일이나 굽는 것을 혼자서 해야 한다. 그러기에 글이 그 사람이라는 사실을 나는 잊지 않고 글을 쓸 것이다.

봄기운 퍼진 하늘로 두레박을 던져 마음속 물을 길어 올린다면, 그 물로 목마름 한 줄기라도 가라앉힌다면 글은 얼마나 시원한 것인가.

주옥 닮은 글 타래를 누군가의 마음에 걸 수 있다면 글은 얼마나 빛나는 것인가. 푸른 숲과 예쁜 꽃, 파란 하늘, 아름다운 노을이 글 안에서 사시사철 일었다가 사라지고 다시 일어난다면 글은 또 얼마나 고마운 것인지. 인생 백 년은 어디선가 멈출지라도 글은 오래 청춘으로 남으리니 오늘도 끝없는 수필의 길을 걸어간다.

[4-2022]

첫딸도 큰딸도 맏딸도 파이팅

첫 임신의 기쁨. 내 몸속에 생명이 잉태됐다는 소식에 너무 기뻤다. 그 어떤 말로도 표현할 수 없는 감격이었다. 구름 위에 떠 있는 것 같았다. 남편은 말없이 안아주며 등을 쓰다듬어 주었다.

입덧이 심해 고통스러웠다. 공간마다 다른 공기의 냄새에 토하기를 6개월까지 했다. 어릴 적 즐겨 먹던 아마가끼(단감)와 고노와다(해삼 배알)가 먹고 싶은 별난 입덧이었다. 길고도 힘든 시간을 보낸 후 드디어 아기를 만나는 날 거꾸로 자리 잡은 아기는 30시간의 진통에도 돌지를 않아 결국 제왕절개를 하고 출산했다. 첫딸이었다.

딸은 튼튼하고 어여쁘게 자랐다. 책임감 있게 대학 생활도 해냈다. 대학원 학업과 병행하여 몇 가지 파트타임 일을 하면서도 형제간 우애를 삼겹줄처럼 단단하게 묶어서 인도하는 집안의 큰 선물이었다.

내가 딸을 낳고 환호하던 날이 어제 같은데 어느 날 딸에게 데이트 신청을 하러 청년이 우리 집으로 찾아왔다. 교회 성경공부반에서 만났다고 했다.

교제를 시작한 지 6개월 후 청년으로부터 부모님을 만나고 싶다고 전화가 왔다. 우리 부부는 헌팅턴비치에 있는 스타벅스에서 정중한 인사를 받았다. 우리 딸 패티를 왜 좋아하는지, 왜 자기에게 꼭 필요한 사람인지를 조목조목 조용하게 얘기했다. 결혼하고 싶다면서 "Would you blessing me?" 하지 않는가.

나도 청년에게 한 가지 질문만 했다. '미래의 계획과 꿈이 무엇'인가를. 그의 대답에서 진실함과 성실함이 가슴속으로 깊이 느껴져 결혼을 허락했다. 여자 친구의 부모에게 허락을 받으러 찾아온 청년의 행동이 반듯했다.

청년은 반지를 준비하는 일주일 동안 이 사실을 딸에게 비밀로 해달라고 부탁했다. 나는 일주일 동안 입이 가려워서 혼났지만, 그 약속을 잘 지켰다. 일주일 후 딸이 대문을 들어서며 프러포즈를 받았다고 입이 귀에 걸렸다. 그리고 한 달 후 양가의 축복 속에 약혼하고 6개월 후 결혼했다. 그때 둘은 스물여덟 동갑이었다.

큰딸이 올 4월에 결혼 22주년을 맞았다. 손자 둘이 스무 살, 열일곱 살로 건장한 대학생, 고등학생이다. 딸의 헌신적인 자식 사랑을 보면서 어머니는 자식을 지탱해주는 크나큰 버팀목이요 디딤돌인 것을 다시 한번 확인했다.

맏딸 내외는 우리가 나이 들어 무거운 것을 들지 못함을 잘 알고 틈틈이 집안을 돌봐준다. 맏이로서 책임을 다하고 형제들과 우애 있게 지내는 것도 고맙다. 곁에서 부모를 지켜주고 아껴주는 딸. 지금처럼 현모양처로 하나님께 인정받으며 살길 바란다. 하나님을 더욱 사랑하며 건강하고 행복하길 기도한다. 엄마가 너에게 속삭인다. '나는 네가 있어서 너무 행복하다.' 나의 사랑하는 첫딸, 큰딸, 맏딸 파이팅!

[12-2021]

나의 사랑은 특급사랑

아침에 친구에게서 카톡이 왔다. 외손녀 먹일 음식을 바리바리 싸가지고 한 시간도 더 걸리는 길을 베이비시터하러 간다고. 이번에는 3박 4일이란다.

아주 오래전, 내가 손주 자랑을 하면 자기는 절대로 손주는 안 봐줄 거라고 큰소리쳤던 친구들이 막상 손자녀가 태어나니 달라졌다. 예뻐서 최선을 다해 봐주느라 허리뿐만 아니라 목 디스크까지 걸렸다.

친구 중 몇 명은 늦게 손녀를 보았다. H는 올해가 칠순이라 자기 몸도 종합병원인데 세 살, 다섯 살 두 손녀를 돌보고 있다. 나이 많은 부부가 애쓰는 모습에 존경심마저 든다. 손녀들 봐주는 재미에 빠진 친구들이 행복해하는 모습이 보기 좋다.

요즘 세대는 대체로 늦게 결혼하고 허니문을 마음껏 즐긴 후에 첫 아이를 출산하는 것이 대세여서 친정 부모나 시부모가 아이들을 봐주고자 할 때는 늙어서 힘들다. 그래도 손주를 안겨주니 고맙고 좋은 걸 어찌하랴. 또 다른 친구도 샌프란시스코까지 가서 베이비시팅을 하고 온다.

외출하고 집안으로 들어서는데 여간해서는 표정에 변화가 없는 남편이 텔레비전에서 나오는 노래를 들으면서 얼굴에 웃음이 가득하다. 궁금해서 그의 곁에 가보니 고개를 끄떡이며 아주 작은 소리로 노래를 따라 부른다. 「무조건」이란 가요다. 손주를 향한 조부모의 짝사랑으로 생각하며 들어보니 재미있고 흥겨운 노래가 된다. 남편이 개사하여 부른다.

"내가 필요할 땐 나를 불러줘 언제든지 달려갈 게/ 손주를 향한 나의 사랑은 무조건 무조건이야/ 손주를 향한 나의 사랑은 특급사랑이야."

개사하여 불러보니 가사 구절구절이 손녀를 향한 조부모의 마음이 그대로 표현된다.

나도 첫 손자를 품에 안았을 때의 감동이 기억난다. 주먹 쥔 손을 펴니 손금에 잎사귀 줄기가 있었다. 거미줄 같기도 했다. 꽃병에 꽂힌 꽃이 파르르 떨리는 것 같은 착각이 머리와 가슴에 요동쳤다. 깨물어주고 싶은 오므린 입이 꽈리 같았다. 옹알이하는 목소리는 아름다운 노랫소리였고 말을 거는 듯한 배냇짓 예쁜 미소를 보며 혼이 나갔다. 그 깨끗한 숨결의 냄새를 어느 향수에 비교할 수 있을까? 작은 숨결도 나의 콧속으로 다 들이마셔 내 심장 속으로 넣었다.

젊어서 내 자식을 키울 때도 같은 마음이었겠지만 그때는 책임감 때문에 힘든 기억이 더 많다. 꽃망울 같은 어린 손주들. 나이 들어 여유로운 마음으로 바라보니 깊은 곳으로부터 우러나오는 조건 없는 사랑을 주체할 수가 없다.

인생에 있어서 무조건 전폭적으로 믿어주고 이해해 주는 사람. 그런 사람 딱 한 명만 있어도 그의 인생은 아무리 어려운 환경에서도 꿋꿋이 성장해 나가는 힘을 발휘한다고 한다. 자손들에게 내가 그런 할머니가 된다면 참 행복할 것 같다.

　주위에 손주 돌보느라 허리를 부여잡는 친구들, 자식이 부르면 만사 제쳐놓고 달려가는 모든 할머니에게 찬사를 보낸다. "너희를 향한 나의 사랑은 무조건 무조건이야. 너희를 향한 나의 사랑은 특급사랑이야." 오늘도 여기저기서 할머니들의 노래가 들리는 것 같다.

[6-2017]

로맨틱한 아들

아들은 어릴 적 내가 포기김치를 담그면 입가에 배시시 웃음을 흘리며 내 옆으로 와서 앉았다. 배추에 양념소를 넣어 돌돌 말아서 입에 넣어주면 입가에 고춧가루가 묻어 "매워, 매워"하면서도 몇 번이고 받아먹었다. 쉰 살이 가까운 지금도 아들은 김치를 좋아한다.

갑자기 하혈하여서 한 달 일찍 태어난 아들이다. 불행 중 다행으로 손자를 고대하던 집안에 장손을 낳았으니 나는 큰 숙제를 끝낸 마음이라 조산이지만 행복했다. 집안에 대를 이었다고 기뻐하실 시어머님의 얼굴이 제일 먼저 떠올랐다.

아들은 어릴 적 동네를 돌아다니며 엄마가 좋아하는 낙엽이나 솔방울, 자카란다 열매를 주워다 화단에 있는 바구니에 담아줄 만큼 자상했다. 동네에 동갑내기 미국 여자아이를 예쁘다면서 손을 꼭 잡고 돌아다녔다. 결혼은 한국 사람과 해야 한다고 어릴 적부터 얘기하면 한국 사람은 코가 납작해서 싫다고 말해 가족을 웃게 하던 아이다.

아들이 같은 대학, 같은 교회를 다니던 여자 친구를 자기가 인도하던 성경공부반에서 만나 교제하였고 대학을 졸업하고 샌프란시스코에서 직장생활을 하며 일 년에 서너 번 집에 왔다. 올 때마다 통금시간이

12시로 정해진 우리 집 법(Rule)을 상기시키면 그대로 지켜주었다.

　오래전 밸런타인데이에 여자 친구에게 프러포즈했던 이야기는 엄마인 나도 설레게 했다. 샌프란시스코에서 어바인 집으로 돌아오면서 여자 친구에게 존웨인 공항으로 마중을 나와 달라고 부탁했다. 도착 전 비행기 안에서 스튜어디스에게 자신이 오늘 여자 친구에게 프러포즈하려고 하니 협조해 달라고 부탁했다. 손님 20명에게 장미꽃을 나누어주고 여자 친구의 사진을 보여주며 존 웨인 공항에 내릴 때 장미꽃을 전해주기를 부탁했다.

　마중 나온 여자 친구는 아무것도 모른 채 기다리고 서 있었다. 사람들이 지나가면서 자기에게 빨간 장미를 줘서 처음에는 밸런타인데이여서 주는 줄 알았다고 했다. 그런데 점점 장미가 쌓여가던 순간 남자 친구가 나와 무릎을 꿇고 "Would you marry me?" 했단다. 처녀는 눈이 토끼 눈같이 빨갛게 되도록 울었다는 이야기를 나중에 들었다.

　그해 봄날 피부가 하얗고 코가 오뚝하며 한국말을 잘하는 한국 처녀를 며느릿감으로 집으로 데리고 왔다. 토끼 눈같이 빨갛게 되도록 울었다는 그 처녀를.

　자녀들이 자기 가정을 꾸미면 사회에서 부모와도 서로 나란히 이웃으로 살아가게 된다. 우리 부부는 아들과 딸들 생활에 절대로 간섭하지 않는다. 이건 우리 부부의 철칙이다. 부모에게 효도하면 감사한 일이요, 형제간에 우애가 돈독하면 더 바랄 것이 없다. 부모는 기도로 뒷받침해주면 된다.

　아들이 결혼한 지가 벌써 22년이 지났다. 지금은 파김치도 좋아한다. 형제자매가 모이는 날이면 통김치를 먹으며 매운 김칫소를 부엌

바닥에서 먹던(엄마가 입에 넣어주던) 어릴 적 추억을 마치 어제 일처럼
생생하게 얘기하며 즐거워한다. 입에 고이는 침을 삼켜 가면서.

[1-2022]

막내딸에게서 배운다

셋째인 막내딸도 제왕절개 수술로 태어났다. 8파운드가 넘는 큰 아기였다. 처음 만난 아기를 품에 안았을 때의 감격은 지금도 잊을 수가 없다.

신생아 검진 때 소아 심장 전문의는 아기의 심장에서 잡음(Heart murmurs)이 들린다고 말했다. 덜컹했다. 어디서, 무엇이 잘못됐는지… 임신 초기에 하혈이 있어 몇 달을 조심한 적이 있다.

그것이 문제가 되었을까. 아기는 우유를 먹으면 토하고 잘 자라지 않았다. 피부색도 시퍼렇게, 때로는 검게도 보였다. 의사는 한 살이 되면 경과를 보며 수술하자고 했다. 한 살 무렵이다. 아기는 플라스틱 통 안에서 팔을 위로 들고 움직일 수 없도록 한 채 엑스레이를 찍었다. 나는 아이의 울음소리를 들으며 엑스레이 찍는 방 밖에서 울었다.

진찰을 마친 의사는 고개를 갸우뚱하며 두 살까지 기다려 보자고 하며 수술을 연기했다.

새벽마다 교회로 달려가 아기를 고쳐주시면 나의 삶 전체를 하나님께 드리겠다고 서원하며 기도했다. 나는 하나님과의 약속을 지키기 위해 당시 경영하던 Ruby's boutique(여성용 옷가게)을 처분하고 신학대학원에 입학하여 학업과 병행하며 1978년부터 교회에서 주일학교 전도사로 사역을 시작했다.

나는 매일 눈물로 기도했다. 하나님의 영광을 나타내는 딸, 하나님의 은혜를 잊지 않는 딸이 되게 해 달라고. 그뿐만 아니라 나는 딸의 내면이 아름답고 빛난 사람이 되게 해달라고 기도했다. 아이가 세 살 되던 해 의사는 수술하지 않아도 되겠다고 했다. 천만다행이었다. 감사하게도 전능하신 하나님께서 고쳐주셨다.

어느덧 딸은 대학에 입학해서 간호학을 전공했다. 건강 검진 때마다 흉부 엑스레이를 찍으면 테크니션은 엑스레이 필름을 들고 복도를 뛴다. 판독 의사에게 급히 가는 것이다. 딸이 정상적으로 성장하고 있지만 필름에는 아직도 심장에 이상이 보여서란다.

어느 해 봄 막내딸의 남자 친구가 레스토랑에서 우리 부부를 만나자고 정중히 연락을 해왔다. 청년은 대학 졸업 후 건축회사에 다니고 있었고 막내딸은 간호사로 병원에 근무할 때다. 둘은 같은 교회에서 주일학교 교사로 만난 후 계속 교제했다. 데니스 레스토랑에서 만난 청년은 조심스럽게 결혼을 허락해 달라고 했다. 우리는 기쁨으로 축복해 주었다.

딸은 결혼 직후 간호사 숙련자(Nurse Practitioner)가 되기 위해 대학원 진학을 준비할 때 첫 임신이 되어 출산 후에 언니와 아버지의 베이비시팅 도움을 받아 무사히 대학원을 졸업했다. 아기를 안고 찍은 졸업사진은 언제 보아도 대견하다.

딸이 약혼을 하고 시집가기 전, 콩나물 무치는 법을 가르쳐 달라고 했다. 콩나물 삶는 법과 무치는 것을 보여주고 그대로 해 보라고 했다. 파는 마지막에 넣어야 미끈거리지 않는다고 했는데도 처음부터 넣고 무치는 게 아닌가. 그건 아니라고 언짢게 말하니 딸이 말했다.

"엄마 실수하게 해 줘. 그래야 무엇이 잘못돼서 그렇게 하면 안 되는지 알 수 있잖아."라는 말이 당시에는 말대꾸처럼 들렸지만, 딸에게서 큰 것을 배웠다.

그 후 살아가는 동안 누가 어떤 잘못을 하든지 판단하지 않고 참고 기다려 주게 되었다. 상대에게 상처가 될 말을 줄이면 근심도 줄어든다고 하지 않았던가. 그렇다. 모두가 다 실수하면서 배우며 살아간다.

어쩌다 실언 후 자신의 언어와 언사에 각별히 주의하게 되면 언어가 절제되고 소통의 달인이 될 거라 생각한다. '실패는 성공의 어머니'라 하지 않는가.

[8- 2021]

가문의 장손

뽀얀 얼굴과 보드레한 살결
머루 같은 눈동자의 예쁘고 사랑스러운 아기야

오뚝한 콧망울로 방긋 웃던 너
온 세상 얻은 것처럼 행복하구나

네가 태어나던 날의 기쁨을 잊을 수가 없단다
떨리고 설레는 마음으로 너를 품에 안고 행복했지
하나님의 선물, 눈에 넣어도 아프지 않은 사랑의 열
매
유모차에 태워 산책하면 안아 달라고 붕어 입으로 종알종알
나는 함박웃음 가득하였지

한 치 코로 꽃 내음 마시는 너 때문에 행복해지던 나
하늘 가르며 날아가는 새, 나무 타고 올라가는 다람쥐
풀숲에 숨어있는 하얀 꽃을 보고 너는 벌 나비처럼 좋아했었지

할미랑 산책길에 나서면 뒤뚱거리고 걸으며 보랏빛 작은
리스본 꽃을 꺾어 주던 친절한 메이슨
너는 들꽃을 좋아하는 이 할미의 손자가 정녕 분명하구나

미켈란젤로가 그린 하늘 구름 보고 얼굴 마주 보며 웃었지
까르르… 끼르르…
너의 웃음소리는 바람에 묻어온 천사의 소리

액자 안에 너의 모습 가득 채운다. 고사리손으로 할미 얼굴 만지며
행복을 나누는 가문의 장손, 나의 왕자님

빛나는 보석 같은 눈을 사르르 감던 나의 보물 아가야
너를 선물하신 하나님께 감사, 또 감사를 드린단다

메이슨아, 부디 가문을 빛내는 장한 장손이 되어라
하나님을 경외하는 청년으로 무럭무럭 자라거라.

[1-2022]

엄영아 에세이집

사랑이었다
It was Love